매니지먼트의 제왕

매니지
먼트의
제왕 3

초판 1쇄 인쇄일 2017년 9월 11일 | **초판 1쇄 발행일** 2017년 9월 14일

지은이 펜쇼 | **펴낸이** 곽동현 | **담당편집 팀장** 이범수
편집부 신연제 김예리 이윤아 홍현주 김유진 조서영 임소담 정요한 김미경

펴낸곳 (주) 조은세상 | 출판등록 제 2002-23호
주소 경기도 연천군 미산면 청정로 1355
TEL 편집부 02)587-2966 | FAX 02)587-2922
e-mail bukdu@comics21c.co.kr

ISBN 979-11-6171-201-7 | ISBN 979-11-6171-198-0(set) | 값 8,000원

매니지먼트의 제왕 3

NEO MODERN FANTASY STORY

펜쇼 현대판타지 장편소설

펜쇼 현대판타지 장편소설

NEO MODERN FANTASY STORY

CONTENTS

펜쇼 현대판타지 장편소설

NEO MODERN FANTASY STORY

CONTENTS

1장. 사고는 언제나 뒤통수에서 찾아온다.

곽 전무의 예고대로 다음 주가 되자 회사에는 흉흉한 소문이 돌기 시작했다.

“너, 그 소문 들었어?”

“무슨 소문?”

“나도 어디서 들은 건데…… 요즘 자꾸 강 부장님이 신인 연예인들의 스케줄을 이상한 곳으로 잡는대.”

“뭐? 어떤 식으로? 어디 오지로 지방 행사라도 보낸대?”

“지방 행사면 다행이지.”

“설마……?”

“맞아. 스폰서 브로커랑 연결을…….”

"에에, 설마 말도 안 돼. 헛소문이야, 헛소문. 강 부장님 같은 엘리트 중에 엘리트가 그런 짓을 벌이겠어?"

"엘리트니까 가능한 일이지. 너도 알다시피 요즘 총괄매니지먼트부 2팀의 사정이 안 좋잖아. 강 부장님 자존심상 스폰서라도 잡아서 구멍을 메우겠다는 뜻이지."

"하긴 저번에 총괄매니지먼트부끼리 경쟁 벌였을 때 2팀의 타격이 가장 컸지?"

"그래, 그렇다니깐. 근데 그게 다가 아니고 황성우 언플 넣은 것도 강 부장이라는 소문이 있어."

"그게 진짜야? 아무리 궁지에 몰렸다지만 강 부장님이 정말 그런 짓을 벌였을까?"

"얘, 사람 일이라는 거 모르는 거다."

"그야 그렇지만……."

소문은 이런 식으로 시작됐다.

그리고 한 번 소문이 나기 시작하자 걷잡을 수 없이 퍼져나갔다.

다들 소문에 민감한 연예계에 한 발을 걸치고 있는 사람들이었기 때문에 소문이 번지는 속도 자체가 남달랐다.

결국 소문은 돌고 돌아서 강 부장의 귀에까지 들어갔다.

강 부장이 회의실의 책상을 강하게 내려치며 분노했다.

"어떤 자식이야! 어떤 자식이 그런 소문을 퍼뜨리고 다니는 거야!"

팀 단위 회의 중 사원 하나가 눈치 없이 회사에 돌고 있는 소문에 대해서 말을 꺼낸 게 문제였다.

제 딴에는 허황된 소문이니깐 농담 삼아 꺼낸 얘기였는데 이 생각 없는 한마디가 회의의 분위기를 망쳤다.

강 부장이 다시 한 번 화를 냈다.

"하여튼 이 소문만 무성한 더러운 연예계!"

총괄매니지먼트부 2팀의 직원들이 모여 있는 자리라 겉으로는 억울한 누명을 쓴 사람처럼 악을 쓰듯 말했지만 속으로는 겁을 잔뜩 집어먹은 상태였다.

논리적으로 상황을 계획하고 움직이는 강 부장이었기 때문에 예상치 못한 상황이 벌어지자 평소보다 더 크게 당황하고 있었다.

'누구지? 정보가 새어 나갈 구멍 자체가 없는데…… 혹시 염 과장이……?'

염 과장은 매사 의심이 많고 일을 철저하게 처리하는 강 부장이 유일하게 믿는 부하 직원이었다.

그래서 이번 스폰서 건도 자신이 직접 처리할 수 없는 부분은 염 과장을 통해서 처리하고 있었다.

상황과 정황을 최대한 따져서 조심스럽게 일을 처리한 만큼 외부에서는 이 일을 도저히 알지 못할 거라고 생각하는 강 부장이었다.

그런 까닭에 강 부장의 분노는 자연스럽게 염 과장을 향했다.

하지만 이 분노 자체가 당황스러운 마음에 생긴 논리적 오판이라는 걸 강 부장은 깨닫지 못하고 있었다.

'염 과장, 이 자식이 진짜…….'

강 부장이 총괄매니지먼트부 2팀의 직원들을 향해 말했다.

"오늘 회의는 여기까지 하자, 전부 해산! 염 과장은 좀 남고."

혹시라도 불똥이 튈까봐 직원들이 서둘러 흩어졌다.

강 부장은 회의실에 남은 염 과장에게 말했다.

"염 과장, 너 이 소문에 대해서 아는 게 있냐? 솔직하게 말하는 게 좋을 거야."

"네? 그게 무슨 말씀…… 설마, 절 의심하시는 겁니까?"

염 과장도 마찬가지였다.

강 부장과 비슷한 부류의 인간이었기 때문에 예상치 못한 상황을 맞닥뜨리자 당황한 채 오판을 하기 시작했다.

"너 아니야? 네가 아니면 누가 이 사실을 알고 소문을 낸 건데?"

"저야 모르죠. 제가 낸 소문이 아닌데 그런 걸 어찌 알겠습니까?"

"정말, 너 아니야?"

자꾸 자신을 의심하자 기분이 상한 염 과장이 강 부장에게 따지듯 물었다.

"부장님이야말로 저를 내치기 위해서 이런 소문을 낸 거 아닙니까?"

"뭐야, 이 자식아? 뭣 하러 내가 불리한 소문까지 내면서 너를 내치겠냐?"

"다른 회사로 이직을 준비하고 있거나 더 높은 자리를 윗선에서 보장받아서 부장님의 더러운 진실을 알고 있는 저를 내치시려는 거 아닙니까, 딱 봐도."

"너, 말 다 했어? 너야말로 이직 준비하고 있는 거 아니야?"

강 부장과 염 과장의 논쟁은 점차 격해졌다.

평소에는 어느 누구보다도 이성적이고 침착한 두 사람이었지만 계산을 벗어난 상황이 펼쳐지자 똥마려운 강아지처럼 사태를 제대로 파악하지 못하고 서로를 비난만 하고 있었다.

잠시 후, 두 사람은 결국 넘지 못할 강의 건너고 말았다.

"이런 식으로 나오면 저도 가만있지 않겠습니다!"

"한 번 해보자는 거야? 누군 가만있을 줄 알아!"

그렇게 강 부장과 염 과장의 심리를 정확하게 파악한 곽 전무의 노련한 술수가 들어맞았다.

소문은 소문일 뿐이었다.

소문으로 상황을 넘길 수 있다면 행동에는 제약이 생기겠지만 실제로는 아무런 타격도 받지 않을 수 있었다.

머리가 차갑게 식자마자 강 부장은 침착하게 이 부분에 대해서 생각했다.

염 부장이 회의실을 박차고 나간 지 한 시간이 지난 뒤의 일이었다.

'그래. 몸을 웅크리고 시간이 흘러가길 기다리자. 염 과장, 이놈도 잘만 하면 어렵지 않게 구워삶을 수 있을 거야.'

강 부장은 애써 상황을 긍정적인 방향으로 생각했다.

'맞아, 소문을 냈어도 이렇게 허술하게 소문을 냈을 리가 없지. 아마 염 과장도 어디서 실수로 잘못 말을 꺼낸 것일 거야. 염 과장을 만나서 다시 얘기를 해보자. 휴…… 전부 무능한 부하 직원을 둔 내 업보지…….'

그렇게 강 부장이 염 과장에게 다시 대화를 해보자고 하려고 할 때 염 과장으로부터 전화가 걸려왔다.

"그래. 염 과장아, 내가 안 그래도 전화를 걸려고 했는데……."

"정말 이러실 겁니까?"

"뭐?"

"전사 회의요! 지금 총괄매니지먼트부 2팀과 관련된 스폰서 문제로 전사 회의가 열린다는 거 강 부장님 작품 아닙니까?"

강 부장이 뒤늦게 인트라넷으로 도착한 긴급 공문을 확인했다.

물론 전사 회의는 곽 전무의 작품이었다.

급하게 기획팀이 대관한 장소로 채 100명이 되지 않는 청월의 직원이 하나둘 모여들었다.

창립 후 첫 전사 회의였기 때문에 대부분의 직원들이 어리둥절해하며 어수선한 분위기를 형성했다.

"웬 회의지?"

"글쎄…… 나도 이런 회의는 처음이라서……."

회의의 목적에 대한 여러 추측이 대관된 장소에 모인 직원들 사이에서 돌았지만 사내에 돌고 있는 흉흉한 소문과 회의의 연관 관계를 알아낸 사람은 없었다.

결국 추측으로 점점 목소리가 커져 갈 때 사정을 알고 있는 총괄매니지먼트부 3팀만이 조용히 입을 다물고 있을 뿐이었다.

하지만 3팀 중에서도 그렇지 못한 사람이 있었다.

팀이 모여 있는 곳 가장 구석에 서 있던 김만철이 안절부절못하며 주변을 어슬렁거리다가 민봉팔에게 물었다.

"미, 민 과장님? 저, 저희 괜찮은 거겠죠? 이, 일이 잘 풀리겠죠?"

"걱정 마. 너도 조사 결과 봤잖아. 빠져나갈 구멍 같은 건 없어."

"네, 네. 그, 그렇겠죠?"

민봉팔은 의연한 표정을 한 채 고개를 끄덕였다.

하지만 잠시 후, 민봉팔이 정호에게 다가와 조심스럽게

물었다.

"정호야, 일이 잘 풀리겠지?"

"당연하지. 조사된 자료는 물론 정 부장님이 브리핑 연습하는 것까지 지켜봤잖아. 준비는 완벽해."

"그렇겠지? 근데 정 부장님은 왜 아직도 안 오시는 거냐?"

아닌 게 아니라 정호도 그 부분을 걱정하고 있었다.

책임지고 브리핑을 준비한 정 부장이 아직까지도 소식이 없었다.

'도착해도 한참 전에 도착했어야 하는 시간인데…… 도대체 어디 계신 거지?'

그때 임원진이 모여 앉은 자리에서 윤 상무가 정호를 향해 다급하게 손짓했다.

스마트폰을 들여다보라는 신호였다.

정호가 신호를 알아듣고 스마트폰을 꺼냈다.

건물 뒤편으로 오라는 윤 상무의 메시지가 와 있었다.

정호는 바로 대관된 장소를 빠져나와 건물 뒤편으로 갔다.

먼저 도착해 있던 윤 상무는 정호의 보자마자 다급하게 물었다.

"정호야, 너 브리핑할 수 있겠냐?"

"네? 무슨 브리핑이요?"

"정 부장이 하려던 브리핑."

정호는 도저히 상황을 이해할 수가 없어서 되물었다.

"정 부장님은 어쩌고요?"

"오다가 교통사고 났다더군. 한 시간 전에."

윤 상무의 대답에 정호는 갑작스럽게 뒤통수를 얻어맞은 기분이었다.

◇ ◆ ◇

조금 있으면 전사 회의가 벌어질 건물 뒤편에는 침묵이 맴돌았다.

침묵을 깨고 정호가 결연한 표정으로 대답했다.

"알겠습니다. 제가 하겠습니다, 브리핑."

"그럴래? 괜찮지? 갑작스럽게 나도 이런 부탁을 해서 미안하다."

평소라면 임원진이라는 신분에도 불구하고 이런 브리핑을 마다하지 않을 윤 상무이었다.

하지만 전사 회의가 끝나면 윤 상무는 정식으로 청월의 대표로 추천될 예정이었다.

윤 상무가 직접 브리핑을 하는 건 다른 이유를 떠나 모양새부터가 좋지 않았다.

결국 총괄매니지먼트부 3팀에서 정 부장을 대신해 브리핑을 할 수 있는 사람은 정호뿐이었다.

"전 지금 가서 정 부장님이 예비로 백업해 둔 자료부터 찾아보겠습니다."

"그래, 부탁한다."

정호는 서둘러 발걸음을 옮기며 생각했다.

'전혀 어려울 것이 없는 브리핑이야. 오랫동안 조사해온 자료가 이미 잘 정리된 상태고, 정 부장의 브리핑 연습도 수십 번이나 직접 눈으로 본 적이 있으니깐.'

적지 않은 인원이 모여 있는 만큼 좌중을 압도하여 정보를 확실하게 전달해야 한다는 문제와 대표를 비롯한 임원진 앞에서 회사의 중대사를 논의해야 한다는 부담감이 있었지만 그걸 이겨내지 못할 정호도 아니었다.

정호에게는 무엇으로도 환산할 수 없는 경험이 이미 충분히 확보되어 있었다.

'이 브리핑은 분명 내 경력에도 작지만 도움이 되겠지. 하지만 나는 이 브리핑을 하지 않는다!'

건물 안쪽으로 걸어가는 정호의 귀에는 어느새 익숙해진 목소리가 오랜만에 들려왔다.

—시간을 결제하시겠습니까?

'내 성공을 위해서 다친 사람을 모른 척할 수는 없어. 이 브리핑을 성공적으로 완수할 사람은 내가 아니라, 정 부장님이다!'

—시간이 결제되었습니다. 당신이 원하는 시간을 얻습니다.

[결제한 포인트 : 180 / 남은 포인트 : 27905]

세 시간 전으로 돌아온 정호는 지하 주차장으로 향하며 정 부장에게 전화부터 걸었다.

"어디 계십니까, 부장님?"

"나? 나는 지금 회사 출근했다가 CG 엔터의 나 피디 만나러 가는 중인데?"

"어디서 만나기로 하셨는데요?"

"CG 엔터 앞 스타벅스. 근데 너 이런 건 왜 물어보냐?"

"아닙니다. 곧 뵙겠습니다."

정호는 차를 몰아 CG 엔터 앞 스타벅스로 향했다.

스타벅스에는 정 부장과 나 피디가 한창 대화를 나누고 있었다.

나 피디는 KBC에서 2박 3일이라는 프로그램을 흥행시킨 뒤 CG 엔터로 간 능력 있는 피디였다.

웬만한 연예인 못지않은 유명세를 가진 피디이기도 했다.

"어, 뭐야? 너, 여기 왜 왔냐?"

정호를 발견한 정 부장이 말했다.

"부장님 보러 온 거 아닙니다. 나 피디님이 여기 계신다는 소식을 듣고 오래전부터 뵙고 싶었던 분이라 서둘러 달려왔죠."

정호의 말에 정 부장이 어이없다는 듯한 표정을 지었다.

정호는 아랑곳하지 않고 나 피디를 향해 인사했다.

"반갑습니다, 나 피디님. 이렇게 갑작스럽게 인사를 드리게 됐네요. 저는 청월 엔터테인먼트 오정호 과장이라고 합니다. 무례를 용서해 주십시오."

나 피디가 사람 좋은 미소를 지으며 대답했다.

"아니에요, 오 과장님. 여기 앉으시죠. 마침 오 과장님 얘기를 하고 있었거든요."

"네? 제 얘기요?"

"이번에 제가 기획하고 있는 프로그램이 하나 있는데 거기에 밀키웨이의 하수아 씨를 꼭 캐스팅하고 싶었거든요."

뜻밖의 상황에 정호가 놀라고 있는 사이 정 부장이 끼어들었다.

정 부장은 자신의 팔뚝을 문지르며 말했다.

"나는 가끔 네가 이럴 때마다 소름이 돋는다. 너 정말 모르고 온 거 맞지?"

2장. 새로운 총괄매니지먼트부 3팀

갑작스럽게 시작된 나 피디와의 미팅은 무사히 마무리됐다.

이미 어느 정도 연예계에 이름이 알려진 정호였고 나 피디가 워낙 정호에 대해서 긍정적으로 생각하고 있어서 미팅을 이끌어가는 데 전혀 어려움이 없었다.

미팅을 끝내고 카페 앞 야외 주차장으로 가며 정 부장이 입을 열었다.

"워낙 아이디어가 많은 친구인데 그만큼 헛소리도 자주 하는 친구라 나도 가벼운 마음으로 나온 거야. 수아의 캐스팅 건은 알지도 못했고. 어쨌든 그래도 뭐, 얘기가 잘 풀렸으니 다행이네. 근데 너 진짜 갑자기 여긴 왜 온 거냐?"

"왜긴요. 아까도 말했잖아요. 나 피디님 만나러 왔다고. 제가 워낙 이런 쪽으로 촉이 좋잖아요."

"흐음…… 그래?"

정 부장이 미심쩍다는 듯 정호를 쳐다봤지만 정호는 가볍게 정 부장의 시선을 무시하며 다른 생각을 했다.

'나 피디가 이맘때쯤에 그 프로그램을 구상하고 있었군.'

하수아에 대한 나 피디의 캐스팅 제안은 긍정적인 방향으로 검토해볼 생각이었다.

이전의 시간에서 적지 않은 흥행을 거뒀던 프로그램이라는 걸 정호는 알았기 때문에 하수아를 꼭 넣고 싶었다.

하지만 당장 확답을 하기에는 회사의 상황이 좋지 않았다.

'회사가 무사히 안정화된다면 수아를 반드시 넣어야겠다. 나 피디의 그 프로그램이라면 믿을 만하지.'

이런 생각을 하며 정호가 정 부장을 따라갔다.

자신의 차 앞에 도착한 정 부장이 정호에게 물었다.

"너, 차는 어디에 대놨냐?"

"저는 이 차 타고 갈 건데요?"

"응? 차 안 가져왔어? 그럼 대중교통으로 여기까지 왔다고?"

"네."

"이거, 이거. 진짜 뭔가 이상한데……."

"이상하긴 뭐가 이상해요. 제가 받는 쥐꼬리만 한 월급을 생각하면 당연한 일이지. 키 주세요. 제가 운전하겠습니다."

정호가 능청스럽게 나오자 정 부장은 연신 고개를 갸웃거리면서도 순순히 키를 넘겼다.

"아무리 생각해도 이상한데……."

"안 가요?"

"아니야, 가야지. 가, 가."

다행히 전사 회의가 예정된 장소에 도착할 때까지 아무런 사고도 일어나지 않았다.

무슨 일이 일어나지 않는 게 당연했다.

아예 정호가 평소와는 다른 길로 갔기 때문이다.

대신 그 덕분에 정호는 정 부장으로부터 잔소리를 조금 들어야 했다.

"야, 야. 이쪽으로 가면 어떻게 해. 아까 거기서 우회전으로 빠졌어야지. 아오…… 운전 처음 해 보냐?"

어쨌든 두 사람은 무사히 회의장에 도착했고 정 부장은 브리핑을 위해 다른 곳으로 이동했다.

"그럼 이따 봐."

"네, 곧 뵙겠습니다."

정호는 정 부장에게 인사를 하고 다른 총괄매니지먼트부 3팀의 직원들이 모여 있는 곳에 합류했다.

정호 자신을 제외하면 단 3명밖에 되지 않는 조촐한 인원이었다.

황태준, 김만철, 민봉팔.

정호는 찬찬히 이 세 사람을 살펴봤다.

황태준은 평소처럼 사람 좋은 미소를 띤 채 자리에 서 있었고, 김만철은 똥마려운 강아지처럼 안절부절못하고 있었으며, 민봉팔은 애써 태연한 척 전방을 주시하고 있었다.

정호는 그런 세 사람을 보며 피식, 웃었다.

'외계인이 쳐들어와도 무섭지 않을 멤버들이구나.'

◇ ◆ ◇

잠시 후.

손 대표의 입장과 함께 본격적으로 전사 회의가 시작됐다.

청월로서는 이런 회의 자체가 처음이었기 때문에 회의의 진행은 깔끔하지 못했다.

임시로 회의의 진행을 맡은 1팀의 직원이 갈피를 제대로 잡지 못한 채 버벅거렸고 사정을 알지 못하는 직원들은 '이게 뭐지?' 하는 표정으로 기계적으로 웃고 박수를 쳤다.

하지만 정작 사정을 전부 알고 있는 정호는 아무래도 상관이 없다는 표정을 짓고 있었다.

'당초 회의의 목적이 의욕을 고취시키기 위한 보통의 전사 회의와는 다르니 행사가 완벽하지 않아도 상관없다.'

결국 그렇게 약간 삐걱대며 임원진을 비롯한 각 팀의 책임자들에 대한 소개가 끝났다.

곧 이어 정 부장의 브리핑이 있었다.

'여기서부터가 본 게임이다.'

사람들 앞에 선 정 부장은 힐끔 임원진이 모여 있는 자리를 쳐다본 후 입을 열었다.

"안녕하세요. 방금 인사를 드린 총괄매니지먼트부 3팀의 팀장, 정준호라고 합니다."

정 부장이 정중히 고개를 숙여 인사를 했다.

사람들은 어리둥절해하면서도 박수를 보냈다.

"제가 이렇게 여러분 앞에 선 것은 다름이 아니라……."

하지만 정 부장의 브리핑이 이어지자 어리둥절해하던 사람들의 눈은 점점 놀라움으로 커졌다.

"강 부장님이……?"

"말도 안 돼……."

앞장서서 죄를 저지른 강 부장도 강 부장이었지만 특히 강 부장과 긴밀히 연결된 임원진들의 이름이 공개되자 회의장은 경악에 휩싸였다.

그제야 사람들은 이번 전사 회의가 단순히 회사의 중요 사안을 공유하고 의견을 주고받는 회의가 아님을 깨달았다.

이건 곽 전무가 마련한 일종의 징계위원회였다.

정호는 슬쩍 고개를 돌려 손 대표의 표정을 살폈다.

손 대표의 표정은 석고상처럼 딱딱하게 굳어 있었다.

'당신이 눈을 감고 귀를 닫은 사이에 이런 일들이 벌어지고 있었습니다. 이제 어떻게 할 겁니까, 손 대표님?'

정호가 이런 생각을 하고 있을 때 누군가가 벌떡 일어났다.

"이게 무슨 말도 안 되는 모함이야! 증거 있어? 증거 있냐고!"

원형 탈모로 머리가 반쯤 벗겨진 전형적인 중년의 사내였지만 만만히 볼 상대는 아니었다.

강 부장과 직접적으로 연결된 임원진 중의 하나였기 때문이었다.

어느 직원의 꼴깍, 침을 삼키는 소리가 들리는 듯했다.

그만큼 회의장은 긴장감에 휩싸여 있었다.

하지만 누구보다 긴장을 해야 할 것 같은 정 부장은 자신보다 한참이나 직급이 높은 임원진의 얼굴을 태연하게 마주보며 대답했다.

"물론입니다. 이제 원하시는 증거를 보여드리겠습니다."

정 부장이 딸깍, 손에 들고 있던 리모컨을 조작했다.

곧 방금 항의한 임원진의 목소리가 등장했다.

〈이번 일만 잘 마무리하면 돼. 어차피 손 대표는 아무것도 몰라.〉

목소리의 주인공이 누군지 깨닫고 벌떡 일어나 소리를 지르던 임원진은 도로 자리에 앉을 수밖에 없었다.

"……이상입니다."

그렇게 브리핑은 사진 자료부터 녹음 자료까지, 활용 가능한 모든 자료가 증거로 등장한 뒤에야 끝이 났다.

적지 않은 수의 사람들이 이번 사태에 연루돼 있었다.

"이것으로 제 브리핑을 마치겠습니다. 감사합니다."

정 부장이 처음과 마찬가지로 다시 정중히 인사를 했지만 충격이 가시질 않았는지 박수를 치는 사람은 없었다.

불 꺼진 대표실.

원래라면 청월에서 가장 넓고 화려했을 그곳에는 쓸쓸한 어둠이 내려앉아 있었다.

방뿐만이 아니었다.

그 방의 주인 역시도 무거운 침묵으로 자신의 심정을 대변했다.

뚜벅, 뚜벅, 뚜벅.

쓸쓸한 어둠과 무거운 침묵이 공존하는 대표실로 누군가가 들어왔다.

방의 주인, 손 대표가 입을 열었다.

"오셨습니까……?"

손 대표가 물었지만 문 열린 대표실로 들어온 누군가는 멈추지 않고 계속 발걸음 소리를 냈다.

뚜벅, 뚜벅, 뚜벅.

"꼭 그런 방법뿐이었습니까……?"

손 대표가 다시 한 번 입을 열어 물었다.

그리고 그 질문에 맞춰 발걸음 소리가 멈췄다.

어느새 손 대표와 발걸음 소리의 주인 사이에는 대화를 위한 적당한 거리가 마련돼 있었다.

발걸음 소리의 주인이 대답했다.

"어쩔 수 없었네. 자네를 찾아와 몇 번이나 경고했지만 자네는 듣지 않았으니깐."

발걸음 소리의 주인은 바로 다름 아닌 곽 전무였다.

등을 진 채 창밖을 바라보고 있던 손 대표가 뒤돌아섰다.

"그래도 한 번만 더 말해주실 순 없었습니까……?"

잠깐의 사이를 두고 곽 전무가 반문했다.

"……말해줬다면 자네는 들었겠는가?"

손 대표는 차마 그랬을 거라고 대답할 수 없었다.

자신도 알고 있었다.

눈을 감고 귀를 닫은 채 얼마나 오랫동안 권력에 심취해 있었는지를.

손 대표가 씁쓸하게 웃으며 속으로 생각했다.

'이런 나의 문제점을 알고 전무님을 모셔온 것이었는

데…… 결국 가장 결정적인 순간에 도움을 받지 못했군…….'

손 대표의 웃음 속에는 후회와 회한이 가득 차 있었다.

곽 전무는 힐끔 손 대표의 씁쓸한 웃음에서 후회와 회한의 빛을 읽고 뒤돌아섰다.

이렇게 하는 것만이 최선이라고 믿고 일을 진행시켜온 곽 전무였지만 손 대표는 자신에게 친동생, 혹은 친자식이나 다름없는 사람이었다.

그래서 그런지 씁쓸하게 웃는 얼굴만은 도저히 마주볼 수가 없었다.

뒤돌아선 채 곽 전무가 손 대표에게 말했다.

"저번에 미뤄뒀던 은퇴라는 놈을 다시 불러들일 생각이네."

곽 전무의 말을 알아듣고 손 대표가 물었다.

"어딜 가실 겁니까?"

"글쎄…… 이리저리 떠돌며 낚시질이나 하겠지. 붙잡지 말게. 이번만큼은 자네가 붙잡아도 난 떠날 거야."

"그렇습니까?"

"그렇네."

곽 전무가 돌아서서 다시 손 대표를 마주봤다.

뜻이 담긴 곽 전무의 눈빛이 손 대표의 마음을 관통했다.

손 대표는 곽 전무가 하고 싶은 말을 확실히 알아듣고 환하게 웃었다.

"그렇다면 이번에는 제가 따라나서야겠군요. 아시다시피 낚시라면 저도 자신이 있습니다, 하하하."

"자신은 무슨. 하루 종일 앉아서 피라미나 낚는 주제에."

"하하하, 이제는 다릅니다. 정말 요즘은 낚시 잘한다고요. 앞장서겠습니다. 제가 잘 아는 명당이 있거든요."

손 대표가 대표실을 나섰고 손 대표의 등에 대고 곽 전무가 중얼거리듯 말했다.

"수고했네. 이 회사를 이렇게까지 키운 건 누가 뭐래도 자네였어."

못 들은 척 앞장서서 걷는 손 대표의 입은 여전히 웃고 있었지만 눈가에는 눈물이 고였다.

◇ ◆ ◇

이후의 일은 정신없이 흘러갔다.

먼저 강 부장을 비롯해 강 부장과 연결된 임원진들이 모두 해고됐다.

뒤를 이어 손 대표와 곽 전무가 책임을 지고 자진 사퇴했다.

자연스럽게 이사회 회의에서 윤 상무는 대표로 추천됐다.

다행히 이 과정에서 큰 불협화음은 일어나지 않았다.

곽 전무의 오랜 준비도 빛을 발했지만 손 대표가 어느 때보다도 적극적으로 이 사안을 검토하고 움직인 게 큰 도움이 됐다.

서로 대척점에 있었던 곽 전무와 손 대표였으나 둘 중 누구도 회사가 이대로 무너지는 것을 원하지 않았다.

청월은 두 사람이 일궈낸 자산이었고 역사였다.

두 사람은 청월이라는 자산과 역사가 계속되길 바란다는 점에서 일치했다.

이런 노력이 통했는지 언론에는 청월에게 불리한 모든 과정이 삭제된 토막 기사만이 나갔다.

—청월 엔터테인먼트 '윤일환' 상무, '대표' 로 '취임'

그리고 윤 상무가 윤 대표라는 명칭을 얻는 날, 새로운 인사 발령이 났다.

[인사 발령 — 총괄매니지먼트부 3팀]

1. 오정호 : 과장(직급 전) 〉 부장(직급 후)

2. 민봉팔 : 과장(직급 전) 〉 실장(직급 후)

……

……

파격적인 인사 발령으로 정호는 단숨에 총괄매니지먼트부 3팀의 팀장이 됐다.

◇ ◆ ◇

한 달 후.

"이쪽으로 오세요."

김만철이 긴장한 기색이 역력한 다섯 사람을 데리고 부장실로 들어갔다.

부장실에 미리 도착해 있던, 실장으로 승진한 민봉팔이 김만철을 반겼다.

"여~ 왔냐?"

"네, 데려왔습니다."

민봉팔은 부장실 의자에 앉아 창밖을 바라보고 있는 정호를 향해 말을 걸었다.

"정호야, 신입 사원들 왔단다."

민봉팔의 말을 듣고 정호가 의자에서 일어났다.

그러고는 나란히 정렬해 있는 신입 사원들 앞에 섰다.

정호는 어정쩡하게 서 있는 다섯 명의 신입 사원을 찬찬히 바라보다가 환하게 웃으며 말했다.

"총괄매니지먼트부 3팀의 발령을 축하드립니다. 저는 총괄매니지먼트부 3팀을 맡고 있는 오정호 부장이라고 합니다."

총괄매니지먼트부 3팀의 신화가 새롭게 시작되고 있었다.

매니지먼트의 제왕

3장. 이상한 장소, 이상한 사람

회사가 어수선한 상황이라고 해서 연예인을 강제로 휴식기에 돌입하게 할 수는 없었다.

특히 이미 솔로 앨범을 내고 활동을 시작한 신유나나 뮤지컬 〈검은 황태자의 여인〉에 캐스팅이 된 유미지는 활동을 멈춘다면 타격이 생길 수밖에 없는 상황이었다.

회사의 체질이 개선되는 한 달 동안 정호는 이 두 사람에 초점을 맞춰 움직이기로 했다.

신유나는 활동 기간 내내 솔로 앨범 〈눈부신 날〉로 굳건하게 음원 차트 1위 자리를 수성했다.

그러자 바로 당연한 수순처럼 신유나의 섭외 요청이 물

밀듯이 쏟아졌다.

정호는 이미지가 과도하게 소모되지 않도록 방송사마다 한두 개의 프로그램에만 신유나를 출연시키기로 했다.

기획팀에서 뽑아준 섭외 요청 목록을 살피며 정호가 생각했다.

'가만 보자. 어떤 게 좋을까? 우선 SBC는 판도라 듀오, KBC는 전설의 명곡, 유치열의 스케치북, MBS는…….'

그렇게 고르고 보니 전부 나가서 노래를 부르는 프로그램이었다.

정호가 난감한 얼굴로 섭외 요청 목록을 들여다봤다.

'이렇게 골라도 되는 건가? 한 주씩 방송이 나간다면 상관은 없는데. 음…… 이렇게 하자. 우선 KBC는 전설의 명곡을 빼고 MBS는 인피니트 챌린지에 나가자.'

과도하게 집중된 음악 프로그램의 출연을 자제하고 대한민국 최고의 예능 프로그램인 인피니트 챌린지에 출연하여 새로운 이미지를 선보이도록 할 생각이었다.

'인피니트 챌린지에서 보낸 콘셉트도 유나가 소화하기에는 큰 무리가 없어 보인다. 유나 중심은 아니지만 예능감이 조금 떨어지는 유나한테는 오히려 더 나은 상황일 수도 있어.'

매 회가 특집으로 꾸려지는 이번 인피니트 챌린지는 녹도라는 섬의 마을 주민들에게 힘을 드리는 콘셉트였다.

신유나의 역할은 섬 마을 선생님이었다.

녹도의 단 두 명뿐인 어린 학생을 가르치는 역할이었다.

'보통이라면 하루 종일 섬에 갇혀 있어야 한다는 점이 섭외 요청을 거절할 명분이지만, 이번만큼은 그럴 필요가 없지.'

정호는 최근 일부러 신유나의 스케줄을 여유롭게 짜고 있었다.

각종 오프라인 스케줄과 사인회 같은 스케줄은 최대한 줄이고 방송에만 노출하여 이미지를 만드는 데 전념했다.

'회사가 어수선한 상황에서 무리를 하면 제대로 된 관리를 못 받을 수도 있다. 그렇다고 해서 현재 회사에 내가 필요한 것도 아니고.'

회사의 체질 개선은 곽 전무와 손 대표, 그리고 윤 상무의 주도하에 착실히 이뤄지고 있었다.

사실상 윗선의 문제라 아직 팀장의 지위에 오르지 못한 정호로서는 아무런 영향력도 행사할 수 없었다.

'이런 여유도 이번 주면 끝이야. 다음 주부터는 인수인계 문제부터 팀 재정비 문제까지 처리해야 할 문제가 산더미가 되겠지. 이런 여유도 이제 부리지 못해.'

정호는 이 기회에 자신도 쉬고 신유나도 좀 쉬게 할 생각이었다.

'일종의 힐링 촬영이 되려나.'

그렇게 가벼운 마음으로 촬영이 시작됐다.

국민 MC 유재승과 함께 신유나는 아이들을 가르치기 시작했다.

생각보다 신유나가 아이들을 능숙하게 대했다.

'오~ 제법인데?.'

아이들이랑 같이 풀샷으로 잡히면 신유나도 아이처럼 보인다는 단점이 있었지만 가르치는 것만큼은 제법이었다.

문제는 아이들에게 그림 카드를 보여주며 영어 단어를 알려주는 장면에서 터졌다.

호랑이, 토끼, 닭을 지나 마침내 등장한 그림 카드는 강아지였다.

인피니트 챌린지의 스태프진에서 섞어놓은 함정 카드이기도 했다.

신유나는 'Puppy' 라는 단어에서 멈칫 했지만 이내 아무렇지 않은 척 말했다.

"자, 따라해 보세요. 도그. 이 단어는 도그예요."

그러자 'Puppy' 라는 단어를 보자마자 웃음이 터졌던 유재승이 잽싸게 끼어들었다.

"아니, 그게 어떻게 도그야. 퍼피지."

"아니에요, 여러분. 이 단어는 도그입니다. 따라하세요, 도그."

유재승의 만류에도 신유나는 끝까지 아이들에게 퍼피가 아닌 도그라는 단어를 주입시켰다.

이 장면은 결국 방송을 타고 화제를 불러일으켰다.

[아ㅋㅋㅋㅋ 신유나 뭐냐ㅋㅋㅋㅋㅋ]

[ㅋ(오피셜) 녹도, 아이들. 강아지가 뭔가요?ㅋㅋ]

[우리 유나 커여워~ㅎㅎ]

[녹도에는 퍼피란 말이 없다는 거 실화냐?ㅋㅋㅋㅋㅋ]

[언어파괴자 신유나ㅋㅋㅋㅋㅋㅋ]

[ㅋㅋㅋ아~ 인피니트 챌린지 보다가 오랜만에 현웃 터졌네ㅋㅋㅋㅋㅋㅋ]

신유나의 1집 솔로 앨범 활동은 소소한 에피소드와 함께 막을 내렸다.

대중성과 음악성을 확보한 의미 있는 솔로 활동이었다.

◇ ◆ ◇

한편 유미지는 뮤지컬 〈검은 황태자의 여인〉의 연습에 합류했다.

뮤지컬 〈검은 황태자의 여인〉은 정 감독이 극본을 쓰고 직접 제작한 창작 뮤지컬이었다.

한국 근현대사의 대격변기에 속해서 우울한 삶을 살아야 했던 황태자와 황태자비의 이야기를 그린 일종의 역사 뮤지컬이었다.

실제 역사 속에서 황태자로 임명되는 영친왕이 아닌 끝까지 배일(排日) 정신을 지켰던 의친왕이 주인공인 뮤지컬로,

정 감독은 황태자의 직위에 오르지 못했던 의친왕을 검은 황태자라고 지칭하고 있었다.

또한 여기서 그치지 않고 〈검은 황태자의 여인〉이라는 제목에서 알 수 있듯이 의친왕이 아니라 의친왕의 아내였던 의친왕비가 더 비중 있는 역할이었다.

'미지가 소화하기에는 다소 부담스러운 면이 있는 역할이지. 하지만 성공만 할 수 있다면 연기 쪽으로 적지 않은 인지도를 쌓을 수 있을 거야.'

연습실에 도착하자마자 음악 소리가 들렸다.

대본과 음악이 모두 완성된 상태였고 무대만 꾸며진다면 당장이라도 뮤지컬이 초연될 수 있는 상황이었다.

현재 무대는 제작 작업에 들어가 있었다.

우렁찬 노래 소리를 듣고 놀랐는지 유미지가 긴장한 표정을 지었다.

정호가 안심하라는 듯 가만히 유미지의 어깨를 감싸 쥐며 말했다.

"걱정 마. 들어가자."

유미지가 고개를 끄덕였고 정호가 연습실 문을 열었다.

연습실 밖으로 소리가 새어 나오게 열창을 하고 있던 사람은 최정상급 뮤지컬 배우인 케이였다.

이전의 시간에서 정호는 유난히 뮤지컬과 인연이 없었다.

그랬기에 웬만한 분야라면 전부 꿰뚫고 있는 정호로서도

케이는 처음 보는 것이었다.

'역시 소문대로군. 외모부터 노래 실력까지 아주 빼어난 친구야. 연기력도 수준급이라고 그랬지?'

정호는 첫눈에 케이가 좋은 뮤지컬 배우임을 알아볼 수 있었다.

그러는 사이 케이의 열창이 끝났다.

그러자 유미지가 큰 소리로 인사를 했다.

"안녕하세요, 유미지라고 합니다! 앞으로 많은 지도 편달 부탁드립니다!"

유미지의 목소리가 평소보다 두 배는 컸다.

가창력에 비유하면 케이는 물론 거의 신유나와도 맞먹는 크기의 소리였다.

'얘가 왜 이러지? 케이를 보고 다시 긴장을 한 건가?'

정호의 생각대로였다.

케이의 실력을 직접 보고 긴장을 한 유미지였다.

종종 기 싸움이 벌이지곤 하는 가요계에서는 이런 모습은 썩 달가운 것이 아니었다.

하지만 이곳은 가요계가 아니라 뮤지컬계였고 연습실에 모여 있는 배우들에게 이 모습은 퍽 신선하고 귀여웠던 모양이었다.

하나둘 웃음소리가 들리더니 모두가 함께 하하하, 하고 유쾌하게 웃기 시작했다.

또 다른 최정상급의 뮤지컬 배우이자 라이벌 격의 역할(영친왕 역)을 맡고 있는 남경수가 다가왔다.

"그래요, 반가워요. 정 감독의 제안에도 오랫동안 답변을 주지 않는다길래 콧대가 아주 높은 친구인 줄 알았는데 그게 아니었구만, 하하하."

남경수의 말투를 듣고 정호가 살짝 놀랐다.

남경수를 보는 것도 처음인 정호였다.

'뭐야, 저 연극 톤은? 설마 평소에도 저러고 다니는 건가?'

정호가 생각에 빠져 있을 때 정 감독이 대꾸했다.

"그렇다고 유미지 양의 콧대가 낮은 편은 아니죠. 하지만 무엇보다 인상적인 건 유미지 양의 혀입니다. 유난히 길지도 않고 짧지도 않은……."

정 감독의 말이 길어지자 케이가 정 감독의 말을 끊었다.

"예예, 감독님. 이제 저도 인사를 하고 싶거든요."

그제야 정 감독이 입을 다물었고 케이가 멋들어진 태도로 유미지에게 인사했다.

"안녕하세요, 미지 양. 저는 케이라고 합니다. 이곳에 오신 걸 환영합니다."

마치 중세 시대의 프랑스 귀족같이 과장된 제스처로 인사를 하는 케이를 보고 유미지는 살짝 당황한 듯했지만 이내 고개를 꾸벅 90도로 숙이며 마주 인사했다.

"네네! 잘 부탁드립니다!"

정호는 옆에서 케이의 태도를 보면서도 살짝 놀랐다.

'뭐야…… 저 케이란 사람도 저런 말투인 건가……? 원래 이게 정상인 건가……?'

물론 이게 정상일 리가 없었다.

끼리끼리 논다고 정 감독이 모아온 사람들이 이상할 뿐이었다.

◇ ◆ ◇

몇몇 배우들의 독특한 첫인상과는 달리 연습은 생각보다 순조롭게 이어졌다.

처음에는 좀 긴장을 하는 것 같던 유미지도 자신과 함께 같은 배역에 캐스팅된 다른 여배우들과 대화를 나누기 시작하면서 긴장을 해소한 느낌이었다.

'이게 뮤지컬의 장점이군.'

배역 하나의 고뇌를 모두 감내해야 하는 드라마나 영화 같은 장르와는 달리 뮤지컬은 여러 사람이 한 배역의 고뇌를 나눠서 감내할 수 있었다.

보통 뮤지컬은 더블 캐스팅에서 많게는 트리플 캐스팅을 하기 때문이었다.

특히 이번 〈검은 황태자의 여인〉은 황태자비가 가장 비중이 높고 분량도 많은 주인공이었기 때문에 트리플 캐스팅이 되어 있었다.

그 외의 다른 배역은 비중에 따라 더블 캐스팅이 되거나 싱글 캐스팅이 된 상태였다.

정호는 같은 배역을 맡게 된 세 사람이 모여 있는 곳을 바라보며 생각했다.

'다행히 저 여배우들은 이상한 것 같지 않군. 아마 저들은 미지의 자극제이자 멘토가 되어 주겠지.'

이번에 유미지와 함께 캐스팅이 된 두 여배우들은 뮤지컬계에서 잔뼈가 굵은 배우였다.

소규모 연극판에서 시작해 차근차근 큰 무대로 넘어온 케이스였기 때문에 연기 내공부터 노래 실력까지 빼어나지 않은 부분이 없을 정도였다.

'하지만 그렇다고 해서 우리 미지가 밀릴 것도 없지.'

한쪽에 앉아 있던 정 감독이 일어나며 말했다.

"자, 다시 시작합시다."

그렇게 잠깐 소강상태에 놓여 있던 연습이 다시 재개됐다.

이전까지 유미지는 계속 구경만 하는 입장이었지만 이번 장면부터는 다른 배우들과 마찬가지로 연습에 참가할 예정이었다.

황태자비 역할을 맡은 두 명의 여배우가 먼저 케이와 연기를 맞춰보고 노래를 불렀다.

연기력은 둘 다 좋았다.

배역을 분석한 방식도 비슷한지 연기를 하는 방법도 크게 다르지 않았다.

하지만 노래를 부르는 스타일은 확연하게 차이가 있었다.

한 명은 청아한 음색에 장점이 있었고 다른 한 명은 고음부를 매끄럽게 처리하는 가창력에 장점이 있었다.

"둘 다 좋았어요. 이번에는 우리의 혓바닥 걸~ 유미지 양이 해보도록 하죠."

정 감독의 이해 못 할 소개와 함께 마침내 유미지의 차례가 됐다.

유미지는 걱정했던 것보다는 자연스럽게 케이와 합을 맞췄다.

"……미안하오, 부인. 더 이상 이대로 가만있을 수가 없소."

케이의 대사를 끝으로 유미지의 노래가 시작됐다.

그리고 사람들은 놀랐다.

'가수니깐 노래야 잘할 거라고 생각했지만…… 아이돌이 저런 실력이라고……?'

'뭐지……? 밀키웨이의 메인 보컬은 신유나가 아니었나……?'

'대박이다…… 보통이 아니야…….'

유미지는 누구보다도 청아한 음색으로 깔끔하게 고음부를 처리하고 있었다.

정호가 예상했다는 듯 고개를 끄덕였다.

'역시…….'

그랬다.

뮤지컬계의 판도를 뒤바꿀 생태계 교란종의 등장이었다.

매니지먼트 제왕

4장. 연습실의 슈퍼스타?

유미지의 실력은 진짜였다.

그랬기 때문에 몇 번의 연습만으로도 모든 출연진들과 스태프들에게 인정을 받을 수 있었다.

'그렇군……. 미지는 뮤지컬이라는 장르를 기준으로 볼 때 모든 게 완벽한 배우다…….'

정호가 뮤지컬 배우를 폄하하는 것은 아니었다.

분명 뮤지컬은 한 사람의 배우가 완벽하게 소화하기 어려운 장르였다.

정극 배우 출신의 뮤지컬 배우는 보통 연기력이 뛰어났지만 노래 부분에서 약한 면모를 보였다.

반대로 가수 출신의 뮤지컬 배우는 노래 부분이 뛰어났

지만 연기력 부분에서 확실한 약세를 보일 수밖에 없었다.

결국 두 가지 모두를 소화할 수 있는 배우를 찾기란 쉽지 않았다.

그렇기 때문에 아주 극소수만이 뮤지컬이라는 장르에 어울리는 배우가 될 수 있었다.

그런데 까다로운 조건은 여기서 끝이 아니었다.

배우에게 절대 빼놓을 수 없는 요소가 하나 있었는데 그것은 바로 외모였다.

다른 사람들에게 스스로를 내보이는 것은 배우의 업이었다.

그러다 보니 외모란 빠질 수 없는 요소였고 주연급 배우가 되려면 캐릭터에 부합하는 이미지도 이미지지만 어느 정도 수준의 잘생김이나 예쁨은 필수적으로 가져야 했다.

'연기, 노래, 외모…… 참 까다롭지…….'

이러한 까다로운 문제들 때문에 최정상급 뮤지컬 배우는 쉽게 찾으려고 해도 찾을 수 없는 존재였다.

'그런데 놀랍게도 미지는 이 모든 조건들에 부합한다…….'

우선 주연 배우 출신의 아이돌인 만큼 청순한 외모는 웬만해선 따를 자가 없었다.

뿐만 아니라 노래 실력은 최정상급 뮤지컬 배우인 케이나 남경수도 한 수 접고 들어갈 정도로 타고난 부분이 있었다.

게다가 유미지는 연기까지도 준수했다.

가끔 몰입이 깨질 때는 다소 불안한 모습을 보이기도 했지만 몰입이 가능할 때의 유미지는 어떤 배우보다도 완벽한 연기를 선보였다.

그러다 보니 유미지는 베테랑 뮤지컬 배우들 사이에서도 단연 빛이 나는 존재였다.

정 감독은 유미지가 곡을 훌륭히 소화하거나 결점 없는 연기를 선보일 때마다 칭찬을 아끼지 않았다.

"유미지 양은 확실히 남다르군요. 육체의 밸런스를 타고났어요!"

한국말임에도 불구하고 듣는 사람의 입장에서는 무슨 뜻이 담긴 소리인지 당최 알 수 없었지만 이건 칭찬이 분명했다.

특히 정 감독의 언어 세계를 어느 정도 이해하고 있는 케이나 남경수는 꽤나 놀랐다.

정 감독이 이 정도의 칭찬을 하는 것은 정말 흔한 일이 아니었기 때문이었다.

'정 감독님이 저런 칭찬을 하다니……. 비송프리제의 우아함에 놀라서 분양을 받으려다가 그 가격에 다시 한 번 놀랐던 나와 같은 반응이군……!'

'스스로의 천재성을 감추기 위해 정 감독의 제안을 그렇게나 오랫동안 심사숙고를 한 것인가……? 천재란 자고로 깊은 생각과 깨달음에서 탄생하는 것……. 이성이 향하는 길에는

깊이와 높이는 없고 유무만이 존재할 뿐이도다……!'

유체를 이탈하다 못해 탈선한 두 뮤지컬 배우의 생각은 차치하더라고 유미지는 분명 순조롭게 뮤지컬 〈검은 황태자의 여인〉에 적응해 나가고 있었다.

◇ ◆ ◇

하지만 전문가는 보는 눈이 확실히 달랐다.

어느 날, 정 감독은 조용히 정호를 불러냈다.

정 감독이 평소의 그답지 않은 태도로 말했다.

"솔직히 저는 유미지 양이 조금 불안합니다……. 유미지 양의 몰입을 방해하는 요소가 무엇인지 아십니까……? 그것이 해결되지 않으면 유미지 양은 분명 무대 위에서 큰 실수를 범하고 말 겁니다……."

가끔 이상한 소리를 하지만 이럴 때 보면 정 감독은 전문가가 확실했다.

'미지의 불안 요소를 이렇게나 짧은 시간에 쉽게 간파하다니 대단하군……. 지금껏 과도하게 칭찬을 한 것도 유미지의 자신감을 위해서였나…….'

정호는 내심 놀라며 정 감독에게 대답했다.

"글쎄요……. 저도 미지를 불안하게 하는 요소가 무엇인지 제대로 알지 못합니다. 다만 추측하자면 예전에 실패를 했던 경험이 미지를 불안하게 하는 것이겠죠……."

정 감독이 고개를 끄덕이며 대꾸했다.

"역시 그럴까요? 저도 그렇다고 생각은 했습니다만…… 흠…… 아시다시피 유미지 양은 분명 좋은 뮤지컬 배우가 될 자질을 가졌습니다. 제가 유미지 양을 데려온 것도 그런 이유 때문이었죠. 하지만 지금의 유미지 양은 연습실의 슈퍼스타일 뿐입니다. 진짜 무대가 시작되면 유미지 양은 분명 실패를 했을 당시의 유미지 양으로 돌아갈 겁니다."

동의할 수밖에 없는 얘기였기 때문에 정호는 정 감독의 얘기를 들으며 고개를 끄덕였다.

"그러니 부탁드립니다. 유미지 양을 불안하게 하는 것이 무엇인지 확실히 알아내고 그것을 해결할 수 있도록 도움을 주십시오. 아마 그게 가능한 사람은 유미지 양이 믿고 의지하는 오 과장님밖에 없을 겁니다."

정호는 정 감독의 얘기를 들으며 이 문제를 해결하기 위해 집중해야겠다고 생각했다.

어차피 회사의 문제가 해결되기 위해서는 아직 시간이 많이 남아 있었다.

"알겠습니다. 제가 한 번 미지와 얘기를 나눠 보죠."

그날의 연습이 끝났다.

평소와 다를 바 없는 하루였다.

열정적인 연습이 있었고 유미지는 연습이 끝나자마자 사람들에게 큰 소리로 감사 인사를 했다.

이제 곧 정호는 그런 유미지를 집으로 데려다줄 것이고 집에 도착한 유미지는 바로 잠들지 않고 대본 연습을 할 것이다.

한 치의 오차도 없는 평범한 하루였다.

〈검은 황태자의 여인〉의 연습에 합류하면서 근래의 생활은 늘 이런 식으로 돌아갔다.

'이대로 가면 되는 거겠지……? 이대로 가면 아무런 문제가 없는 거겠지……?'

가끔 이런 생각이 드는 것조차 유미지에게는 굉장히 일상적이었다.

하지만 차를 몰아 유미지를 데려다주던 정호가 갑작스럽게 말을 꺼내면서 그날은 평범한 하루에서 벗어나기 시작했다.

"미지야."

"네?"

"너한테 꼭 보여주고 싶은 게 있는데 같이 가지 않을래?"

"지금요?"

정호는 대답 대신 고개를 끄덕였다.

유미지는 정호가 갑자기 이런 말을 꺼내는 이유와 속뜻을 파악하기 위해 잠깐 고민하는 듯했지만 이내 선뜻 대답했다.

"좋아요."

유미지의 대답을 듣고 정호가 차를 돌렸다.

잠시 후, 두 사람은 광화문에 위치한 태종문화회관에 도착했다.

정호가 살짝 버벅거리며 불을 켜자 아직 덜 완성된 무대의 모습이 유미지의 눈에 들어왔다.

"여긴 설마……."

유미지의 생각이 맞았다.

이곳은 〈검은 황태자의 여인〉의 무대였다.

"어때, 미지야? 꽤 넓지?"

"네, 생각보다 넓네요. 그런데 저를 어째서 여기에……?"

정호는 유미지의 불안 요소를 단번에 해결할 수 있는 방법 같은 건 알지 못했다.

그건 사적인 영역의 문제였고 누군가가 끼어든다고 해서 그 문제가 쉽게 사라지는 것은 아니었다.

그래서 정호는 유미지에게 직접 보여주기로 했다.

불안 요소가 불쑥 튀어나와 유미지에게 칼을 휘두를 곳을.

'태종문화회관은 〈검은 황태자의 여인〉의 공연이 예정된 곳이면서 동시에 유미지의 불안 요소가 등장할 곳이기도 하지…….'

정호는 속으로 이런 생각을 하며 유미지의 질문에 대답했다.

“이제 곧 몇 주 후면 이 공연장이 가득 찰 거야. 이 공연장을 가득 채운 사람들 앞에서 너의 연기를 펼쳐 보일 거고. 하지만 그전에 물어보고 싶은 게 있었어.”

“뭔데요?”

“괜찮겠니?”

“네?”

“이 공연장에는 선량하게 뮤지컬을 즐기려는 사람들만이 찾아오지는 않을 거야. 기사와 평론가 같은 냉혹하게 너의 연기를 평가할 사람들도 올 거고, 애초에 뮤지컬이라는 장르가 싫은데 연인이나 가족들 때문에 억지로 끌려온 사람도 있을 거고, 〈내 사랑 티라미수〉를 보며 너의 연기를 맹렬히 혹평하던 사람도 이 공연장에 섞여 있을 거야. 그런데도 너는 가장 높은 곳에 서서 너의 연기를 펼쳐 보일 수 있겠어?”

유미지는 그제야 정호가 자신을 왜 이곳에 데려왔는지 알 수 있었다.

연습 기간 내내 불쑥불쑥 튀어나와 끊임없이 자신을 괴롭혔던 고민들.

‘이대로 가면 되는 거겠지……?’

‘이대로 가면 아무런 문제가 없는 거겠지……?’

‘내가 잘할 수 있을까……?’

'예전의 실패를 지우고 진짜 배우임을 입증할 수 있을까……?'

'과장님을 비롯한 밀키웨이 멤버들에게 떳떳한 그런 사람일 수 있을까……?'

유미지는 자신의 이런 고민들을 정호가 눈치 챘다는 걸 깨달을 수 있었다.

'잘 숨겼다고 생각했는데…… 아니었구나…….'

유미지의 상념을 파고들며 정호가 말했다.

"네가 어떤 불안함을 느끼고 있는지 알아. 네가 정말 하고 싶은 일이 무엇인지 깨닫고 그걸 하라고 말했지만 하고 싶은 일을 하는 것과 무대에 서서 직접 연기를 하는 것은 별개의 문제겠지. 하지만 미지야, 마음을 단단히 먹어야 해. 네가 하고 싶은 것을 계속하기 위해서는 때로는 가장 원치 않는 모습을 남에게 보이기도 해야 해. 그리고 자신의 가장 원치 않는 모습을 억지로라도 사랑해야 해. 그래야만 앞으로 나아갈 수 있어. 그래야만 하고 싶은 걸 계속 할 수 있어. 너는 그걸 해낼 수 있겠니?"

정호가 물었지만 유미지는 대답하지 않았다.

고개를 푹 숙인 채 생각에 빠진 듯 아무런 대답도 하지 못했다.

정호는 속으로 생각했다.

'실패인 건가…… 몇 마디의 말로는 역시 미지를 설득할 수 없구나…….'

그렇게 스스로 실패를 인정하려는데 유미지가 고개를 들었다.

그러더니 유미지는 꽤 먼 곳의 있는 무대까지 단숨에 뛰어가 무대 위로 올라갔다.

"짠! 과장님, 어때요? 제가 보여요?"

정호는 갑자기 무슨 일인가 싶어 얼떨떨했지만 고개를 끄덕여줬다.

"과장님 말이 맞아요. 이곳에는 분명 저를 싫어하는 사람들이 있을 거고, 제가 실수하기만을 기다리는 사람들도 있겠죠."

유미지가 무대의 왼쪽에서 오른쪽으로 걸어가면 계속 말을 이었다.

"하지만 그런 사람들만 있는 게 아닐 거예요. 서연이, 수아, 유나처럼 있는 그대로의 저를 사랑하는 사람들도 있겠죠. 그렇지 않나요?"

"맞아. 분명 너를 사랑하는 사람들도 이곳에 앉을 거야."

유미지가 고개를 끄덕이며 말했다.

"그거면 됐어요. 그런 사람들만 있다면 저는 이곳에서 멋지게 연기할 거예요. 있는 그대로 저를 사랑해주는 사람을 위해서……. 서연이, 수아, 유나처럼……. 그리고 과장님처럼……."

◇ ◆ ◇

마침내 뮤지컬 〈검은 황태자의 여인〉의 막이 올랐다.

정 감독은 여전히 유미지가 불안하다고 생각했는지 다른 여배우들을 우선적으로 무대에 오르게 했다.

두 여배우들은 예상대로 훌륭하게 역할을 소화했다.

특별한 장점도 특별한 결점도 없는 무대였지만 그렇기 때문에 더 훌륭하다고 생각되는 무대였다.

유미지는 두 여배우의 연기를 가장 가까운 곳에서 관람하며 스스로의 연기를 점검했다.

함께 공연을 관람하던 정호가 보기에도 사뭇 진지한 표정이었다.

그렇게 몇 차례의 공연이 끝났고 드디어 유미지가 주인공으로 무대에 오르는 날이 찾아왔다.

"다들 얼굴 확실히 가려. 괜히 팬들한테 걸려서 고생하지 말고."

정호가 유미지의 공연을 보러 가기 위해 준비를 하는 오서연, 하수아, 신유나에게 신신당부를 했다.

그러자 하수아가 불만을 표출했다.

"미지 언니가 긴장해서 실수할까봐 놀러가는 건데 얼굴을 전부 가리면 어떻게 해요. 저희를 알아보고 미지 언니가 긴장을 풀 수 있게 해야죠."

"까불지 말고 마스크 써라. 어차피 미지는 너희한테 신경도 못 써."

정호의 예상대로였다.

황태자비가 되어 열연을 시작한 유미지는 연기에 몰입하여 어떤 것도 보지 못했다.

다른 밀키웨이 멤버들은 자신들을 알아보지 못하는 유미지에게 내심 서운한 듯했지만 곧 유미지의 연기에 빠져들어 뮤지컬에 몰입하기 시작했다.

그렇게 공연이 순식간에 이어졌다.

그리고 하이라이트인 유미지의 노래가 흘러나왔다.

사랑하는 나라와 사랑하는 연인을 빼앗아간 이 세상을 어떻게 하면 계속 사랑할 수 있는지 스스로에게 묻는 노래였다.

'힘내라, 미지야. 이 노래만 완성하면 이 공연은 역대급 공연이 될 거야.'

유미지는 특유의 감성으로 절절하게 노래를 부르기 시작했다.

선 하나하나가 전부 눈부셔 보일 정도로 섬세한 감정 표현이 일품인 노래였다.

공연 내내 객관적인 시선을 유지했던 정호조차도 유미지의 연기에 몰입했다.

'굉장하다…… 계속됐으면 좋겠어…….'

그렇게 영원이 끝나지 않았으면 좋겠다고 생각한 유미지의 노래가 끝이 났다.

동시에 공연도 끝이 났다.

'어…… 뭐지? 언제 공연이 끝난 거지……?'

정호는 자신도 모르게 이런 생각을 했다.

그건 다른 사람들도 마찬가지였던 모양이었다.

어리둥절해하던 사람들은 배우들이 나와서 무대 인사를 시작하자 그제야 정신을 차렸다.

그리고 홀린 듯 모두 일어나 기립 박수를 치기 시작했다.

특히 유미지가 무대 인사를 할 때 기립 박수의 소리는 두 배로 커졌다.

밀키웨이 멤버들을 비롯한 정호도 유미지에게 열렬한 박수를 보냈다.

이건 뮤지컬 〈검은 황태자의 여인〉에서 나온 첫 번째 기립 박수였다.

5장. 팀 재정비

"더 보고 배우고 싶은 일들이 많았는데…… 정말 죄송하게 됐습니다, 부장님."

"아니야. 꿈이 있다면 그곳으로 가는 게 맞는 거지. 남은 3개월 동안 수고해줘."

"네. 새로 들어온 신입사원들은 적어도 제 몫을 하는 매니저로 만들고 떠나겠습니다."

"그래, 고생 좀 부탁해."

부장실에서 대화를 나누고 있는 두 사람은 정호와 황태준이었다.

황태준은 결국 자신의 사업을 시작하기 위해 3개월 후 퇴사를 하기로 결정했다.

'괜찮은 놈이었는데…… 떠난다니 괜히 아쉽군……. 나도 모르게 정이 들었나?'

하지만 황태준의 퇴사는 아쉬워할 문제만은 아니었다.

황태준의 영화제작사가 큰 성공을 거둔다는 걸 알고 있는 정호로서는 이 부분을 충분히 이용할 수 있었다.

'특히 탐나는 작품이 몇 개 있지. 그 작품이 등장하기 전까지 영화제작사 성장에 약간의 도움을 주고 황태준과의 관계도 돈독히 쌓아둔다면 분명 좋은 기회를 얻을 거야.'

정호는 부장실을 나가는 황태준을 향해 말했다.

"나중에 도움이 필요하면 언제든 연락해. 그래도 우린 한 식구잖아."

정호의 말에 부장실을 나가려던 황태준이 돌아서서 꾸벅, 90도로 인사를 했다.

"말씀만으로도 감사합니다."

그런 황태준을 보며 정호가 생각했다.

'저 녀석이 원래 저렇게 예의가 발랐나?'

황태준이 얼마나 자신을 존경하게 되었는지 알지 못하는 정호였다.

◇ ◆ ◇

정호는 최근 팀을 재정비하는 데 박차를 가하고 있었다.

우선 황태준이 맡고 있던 황성우 쪽으로 두 명의 신입 사원을 보냈다.

다음 무대를 끝으로 워너비원 활동이 끝나는 황성우는 조만간 청월에서 새로 만들 보이 그룹에 합류할 예정이었다.

'새로운 신입 사원 둘은 현재로선 황성우 한 사람만을 맡겠지만 나중에는 보이 그룹의 전담 매니저가 되겠지.'

보이 그룹은 거의 데뷔를 앞두고 있었다.

이사로 승진한 정준호, 즉 정 이사가 승진 전에 계약을 완료한 이대희도 이 보이 그룹의 합류가 확정된 상태였다.

뿐만 아니라 각각 1팀과 2팀에서 스카우트했던 김재현과 백지훈도 이 보이 그룹에 합류하기로 했으며 추가적으로 어렵게 영입한 강대니얼 역시 이 팀에 합류가 예정돼 있었다.

'특히 강대니얼의 영입은 결정적인 한 수가 되겠지.'

이전의 시간과 현재의 시간에서 모두 프로듀싱 101 시즌2의 우승을 차지한 부동의 1위 강대니얼의 영입은 정호조차도 예상하지 못한 꿀영입이었다.

'정 이사님이 승진 전에 아주 좋은 일을 해줬어.'

워너비원에서 활동했던 다섯 명의 멤버 외에도 청월에서 오랜 시간 공을 들여 키운 네 명의 연습생이 추가적으로 새로 만들어진 보이 그룹의 멤버로 데뷔가 확정됐다.

이 9인조 보이 그룹은 다음 분기 데뷔를 목표로 연습을 시작할 예정이었다.

신입 사원 한 명은 민봉팔과 김만철에게 보냈다.

강여운을 따라다니며 일을 배우게 할 요량이었다.

우리나라 탑급 배우로 성장한 강여운을 따라다닌다면 많은 경험을 쌓을 수 있을 게 분명했다.

심지어 강여운 팀에는 정호 다음으로 총괄매니지먼트부 3팀에서 경력이 오래됐고 정호가 가장 신뢰하는 민봉팔까지 있었다.

신입 사원을 보내 일을 배우게 하는 데에는 전혀 문제가 없었다.

오히려 최적의 조건이라고 할 수 있었다.

'여운이라…….'

사실 정호가 걱정하는 문제는 다른 것이었다.

바로 강여운과의 관계였다.

정호가 밀키웨이를 담당하면서 강여운과 거리감이 생긴 상황이었다.

하지만 3팀의 팀장이 된 현 상황에서 이런 거리감은 이제 도움이 되질 않았다.

강여운도 엄연히 3팀에 소속된 연예인이었다.

'몇 달째 대화 자체를 하고 있지 않을 정도라면 확실히 문제지……. 여운이를 아예 다른 팀으로 보내야 하는지

고민을 했을 정도였으니깐…….'

그나마 다행인 점은 얼마 전에 강여운으로부터 문자 메시지 하나가 왔다는 사실이었다.

—축하해요, 오빠. 벌써 과장님이 아니라 부장님이네?

몇 달 만의 연락이었다.

정호는 강여운이 이탈리아에서 화보 촬영을 하고 있다는 사실이 떠올리며 피식, 미소를 지었다.

'짜식. 그래도 멀리서 내 생각을 해주고 있구나.'

정호가 강여운에게 답장을 보냈다.

—그러게. 어느새 벌써 부장이 돼 버렸네. 축하, 고마워. 앞으로 잘 부탁할게.

관계의 개선 여지가 보인 만큼 정호는 강여운을 계속 3팀의 연예인으로 끌고 가볼 생각이었다.

마지막으로 남은 신입 사원 둘은 밀키웨이 쪽에 합류했다.

사실상 정호를 따라다니며 일을 배우게 될 친구들이었다.

밀키웨이 쪽에 합류한 신입 사원의 이름은 각각 곽진모, 서수영이었다.

"안녕하세요, 부장님. 신입 사원 곽진모라고 합니다. 잘 부탁드립니다."

"안녕하세요, 서수영입니다. 잘 부탁드립니다."

무작위로 별생각 없이 데려온 둘이었지만 일을 착실히 잘 배워 나가고 있었다.

'다른 쪽에서도 불만이 없는 걸 보면 이번에 뽑힌 신입 사원들은 전체적으로 괜찮은 친구들이라는 뜻이겠지?'

앞으로 어떤 상황이 닥칠지 모르지만 현재로서는 나쁘지 않았기 때문에 좋은 쪽으로 생각하는 정호였다.

'그나저나 이 둘을 어디다 써먹지……?'

현재 밀키웨이는 다음 앨범을 준비하느라 정신이 없었다.

다른 말로는 매니저로서는 특별히 할 일이 없다는 뜻이었다.

정호 같은 경우에는 밀키웨이 전담 겸 총괄매니지먼트부 3팀의 팀장이었기 때문에 할 일이 끊이질 않았지만 다른 두 사람은 아니었다.

이미 밀키웨이는 곡부터 앨범 콘셉트까지 모두 정한 상태였고 그러다 보니 더더욱 할 일이 없었다.

'어쩔 수 없지…….'

정호는 유일하게 개인 스케줄이 있는 유미지의 케어를 곽진모와 서수영이 돌아가면서 할 수 있게 했다.

그게 당장 시킬 수 있는 유일한 업무였다.

'나머지 시간에는 매니저로서 눈을 트이도록 자기계발 시간을 갖게 해야지, 뭐.'

정호는 고개를 끄덕이며 그렇게 생각했다.

일이 없으니 일을 빨리 가르칠 순 없겠지만 새로 들어온 두 사람이 괜찮은 친구들이라는 점에서 그저 만족하기로 했다.

팀이 어느 정도 수습되자 정호는 바로 새로운 작업에 들어갔다.

이전에 나 피디가 제안했던 캐스팅 건을 긍정적으로 생각해볼 차례였다.

예능인으로서 성장 가능성이 높고 재능도 확실한 하수아였다.

정호는 하수아를 특급 예능인으로 만들기로 이미 마음을 먹었다.

'하지만 이대로 나 피디의 프로그램에 들어가는 것은 위험해……. 자칫하면 나 피디의 능력에 묻혀 간다는 인상을 줄 수도 있어……. 하수아라는 개인의 가치를 충분히 높여서 가장 화려하게 프로그램에 입성해야 한다…….'

하수아를 보통의 예능인으로 만들 생각이라면 이대로 가도 상관이 없었다.

나 피디의 신규 프로그램은 분명 대박이 날 것이고 그렇다면 하수아도 가수계와 예능계를 넘나드는 괜찮은 방송인이 될 수 있었다.

하지만 정호는 하수아를 특급 예능인으로 만들 생각이었다.

평범한 방송인이 되어서는 개성 있는 연예인 중 하나로 미래까지 살아남기가 힘들다는 걸 정호는 잘 알고 있었다.

'그렇다고 해서 수아를 MC로 만드는 건 더 힘들다. 최근의 트렌드는 여성 MC를 기피하는 쪽에 가까우니깐……. 목표를 다르게 설정해야 해. 일단 수아는 방송마다 맹활약하는 게스트가 될 필요가 있다.'

정호는 고심 끝에 하수아가 출연할 예능 프로그램 목록을 정리했다.

정호의 생각대로 활약을 해준다면 분명 하수아는 특급 예능인으로 자리매김할 수 있었다.

'먼저 수아를 불러서 대화를 나눠봐야겠다…….'

연습실 쪽으로 이미 걷기 시작한 정호가 생각했다.

나 피디의 신규 프로그램에 들어가기 한 달 전의 일이었다.

◇ ◆ ◇

정호가 자신을 불러서 이제부터 바쁜 스케줄을 소화할 거라고 했을 때까지만 해도 하수아는 별생각이 없었다.

오히려 자신이 평소 좋아하던 예능 프로그램에 마음껏 출연할 수 있다는 사실에 순수하게 기뻐했다.

하지만 연일 촬영이 계속되자 하수아는 왠지 기분이 이상했다.

아무리 그래도 자신이 아는 정호라면 이런 식으로 빡빡하게 스케줄을 짜지 않을 텐데 최근의 스케줄은 평소와 달리 분명 과도한 면이 있었다.

총 촬영 시간이 8시간이었던 야외 버라이어티를 끝내고 다음 촬영 스케줄을 소화하기 위해 움직이던 하수아는 결국 참지 못하고 서수영에게 물었다.

"수영 언니, 뭔가 이상하지 않아요? 지금까지 부장님이랑 지내면서 이렇게 살인적으로 스케줄을 소화해본 적이 단 한 번도 없는데…… 언니는 뭐 아는 거 없어요?"

운전을 하던 서수영이 고개를 갸웃거리며 대답했다.

"글쎄…… 예전이라면 내가 없을 때라 지금의 스케줄이 어떤지 모르겠네……."

"아니에요. 분명 이상해요. 이렇게까지 나를 굴리며 웃기고 또 웃기고 또 웃기라고 강요하는 게 확실히 뭐가 있는 것 같아요. 이건 마치 원금 회수를 위해서 뽕 뽑기를 하는…… 설마?"

하수아는 스스로가 한 생각에 놀라서 양손으로 입을 가렸다.

그러고는 서수영을 향해 놀란 눈을 한 채 물었다.

"아니겠죠? 부장님이 저를 버리려고 뽕 뽑기를 하는 거 아니겠죠?"

서수영은 연일 계속되는 촬영에도 바닥나지 않는 체력과 도저히 어디로 튈지 예측할 수 없는 사고 전환 방식에 당황하며 대답했다.

"아, 아닐 거야……. 부, 부장님이 수아, 너를 얼마나 아끼는지 너도 알잖아……."

"아니에요. 요즘 굉장히 소홀해졌어요. 예전에도 나한테 소홀했지만 유나와 미지 언니가 성공을 하면서 더더욱. 서연 언니는 술을 마시느라 바빠서 지금의 사태를 제대로 바라보지 못하고 있지만 저는 아니라고요. 저는 지금의 상황이 어떻게 돌아가는지 확실히 알 수 있어요. 왜냐면 저는……!"

"저는?"

"노련한 방송인 하수아니깐!"

서수영이 땀을 삐질삐질 흘리며 말했다.

"하하하, 수아야. 그러지 말고 부장님한테 전화를 해서 직접 물어보는 건 어떨까? 부장님이라면 순순히 무슨 계획인지 대답해주실 것 같은데."

하수아가 차 안에서 펄쩍 뛰며 대꾸했다.

"오, 언니! 굿 아이디어! 부장님에게 전화를 해서 고급 정보를 빼낸다! 아주 좋은 생각이에요! 제가 한 번 유도심문을 해보겠습니다~"

"아, 아니 그런 뜻이 아니라 무슨 생각인지 그냥 여쭤보라는 얘기였……."

하수아는 서수영의 대답도 듣지 않고 정호에게 전화를 걸었다.

정호가 전화를 받았다.

"어, 수아야."

하수아는 서수영밖에 없는 차 안에서 굳이 주변을 두리번거리다가 물었다.

"부장님? 지금 통화 가능하십니까?"

"응, 10분 정도 여유 있어. 무슨 일이야?"

"별건 아닙니다. 그냥 인사차 전화를 드린 것이지요, 흐흐흐."

"뭐야, 말투가 왜 그래? 너 또 이상한 드라마 봤어?"

"저번 주에 셜록을 보긴 했지만 지금의 이건 그것과는 별개의 말투입니다, 흐흐흐."

신호에 차가 멈춘 사이 서수영은 잠깐 백미러로 하수아를 어이없다는 듯 쳐다봤다.

"그래, 확실히 셜록 말투는 아닌 거 같다. 그래서 용건이 뭐라고?"

"흐흐흐, 정말 별거는 아닙니다. 단지 당신의 부하 직원이자 새로 저에게 배정된 로드 매니저인 서수영 양께서 당신에게 할 말이 있다고 하십니다, 흐흐흐."

"그래? 그럼 수영이 바꿔줘. 그나저나 그 말투부터 좀 어떻게 안 돼……?"

"말투는 신경 끄고 제 얘기에나 집중하십시오, 흐흐흐.

이제 질문 들어갑니다. 물론 이 질문은 서수영 양의 질문을 대신 전달하는 거죠."

"수영이가 직접 말 안 하고? 뭐…… 알았어. 어서 말해 봐."

"좋습니다, 흐흐흐. 당신은 어째서 하수아 양의 스케줄을 이렇게 빡빡하게 잡으신 건가요?"

"빡빡해?"

하수아는 정호가 눈앞에 없는데도 고개를 끄덕이며 대답했다.

"약간……."

그러자 정호의 쿨한 대답이 돌아왔다.

"그럼 줄일게."

"네?"

"줄인다고. 할 말 끝났지? 나 끊는다."

"아, 저 잠깐만!"

그렇게 전화가 끊겼다.

한창 흥이 나서 뭔가를 흉내 내던 하수아는 전화가 끊어진 스마트폰을 나라 잃은 사람처럼 쳐다봤다.

그다음 주부터 하수아의 스케줄은 딱 절반으로 줄었다.

6장. 경쟁이 아닌 공생

정호는 하수아를 최대한 많은 프로그램에 내보냈다.

특히 하수아의 4차원 활약이 돋보일 수 있는 프로그램이 주요 타깃이었다.

프로그램마다 콘셉트 면에서 약간의 차이점이 있지만 하수아의 4차원 매력은 통하지 않는 곳은 다행히 없었다.

하수아는 출연만 하면 어김없이 모든 시선을 자신에게 집중시켰다.

정호는 하수아가 가장 최근에 출연한 프로그램 라스(라디오스타트)를 모니터링 했다.

화면에서는 권구라와 하수아와 멘트를 주고받으며 웃음 쟁탈전을 펼치고 있었다.

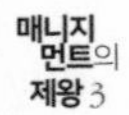

독설로 유명한 프로 예능인인 권구라의 멘트를 받아칠 수 있다는 사실만으로도 하수아의 센스가 어느 정도인지 알 수 있는 장면이었다.

정호가 생각했다.

'확실히 수아에게는 예능 쪽에 엄청난 재능이 있다……. 이 재능을 이번 기회에 확실하게 살려야겠어…….'

센스도 센스지만 특히 놀라운 점은 하수아의 체력이었다.

계속되는 스케줄에도 하수아의 체력은 도저히 바닥날 기미를 보이지 않았다.

바닥나기는커녕 매 프로그램마다 새로운 모습을 보여주며 감탄을 자아냈다.

워낙 사고 전환이 빠른 하수아였기 때문에 체력만 받쳐준다면 몇 시간이라도 자신의 센스와 독특한 발상을 뽐낼 수 있었다.

'다만 체력이 떨어지는 순간이 문제지……. 모든 스케줄을 최상의 체력을 유지한 상태에서 소화해야 한다. 그렇지 않으면 지금의 센스나 독특한 발상이 나오지 않을 거야.'

예능인이라면 누구나 가장 신선한 캐릭터로 예능계에 발을 들인다.

하지만 예외 없이 모두가 매너리즘에 빠지고 만다.

오랜 시간 정호가 보아온 바에 따르면 그렇지 않은 경우는 단 한 차례도 없었다.

'이러한 매너리즘을 이겨내기 위해서 필요한 최소한의 조건…… 그게 바로 체력이다.'

예능은 결국 캐릭터 싸움이다.

하지만 캐릭터라는 것은 특징만 조금 다를 뿐 핵심적인 부분에서 거의 비슷한 모습을 띤다.

바보 캐릭터로 예를 들면 '허우대는 멀쩡한데 상식이 없는 바보'가 있고 '상식은 있지만 눈치 없이 먹는 것만 좋아하는 바보'가 있다.

두 바보는 특징적으로 '허우대는 멀쩡한데 상식이 없다'는 점이나 '상식은 있지만 눈치 없이 먹는 것만 좋아한다'는 점에서 분명 다르지만 핵심적으로 '바보'라는 점은 완전히 일치한다.

그런 까닭에 시청자는 언제든 이러한 특징적인 면을 잊고 핵심적인 면을 상기할 수 있다.

다시 쉽게 말하자면 언제든 시청자들은 티비를 보며 "뭐야? 또 바보야?"라고 말할 수 있다는 뜻이다.

이런 가능성 때문에 한 프로그램에는 두 명 이상의 바보가 등장하지 않는다.

'그래서 예능인은 끊임없이 강조해야 한다. 자신은 그냥 바보가 아니라 독특한 바보라는 사실을……!'

이때 필요한 것이 체력이다.

체력이 떨어진 바보는 몸을 가누기 위해 바보라는 핵심에 기대지만 체력이 충분한 바보는 바보라는 핵심을 넘어서 자신의 특징을 끊임없이 강조한다.

'다행히 수아는 밀키웨이 멤버들 중에서도 최고의 체력을 자랑한다.'

정호는 하수아의 체력을 믿었다.

하수아라면 살인적인 스케줄도 최상의 컨디션으로 견딜 수 있다고 생각했다.

'물론 이 생각에 빠져서 수아에게 무리한 스케줄을 소화하게 할 뻔했지만 스케줄을 반으로 줄였으니 괜찮겠지……?'

얼마 전에 하수아의 전화를 받고 정호는 내심 많이 놀랐다.

하수아가 그 정도 스케줄은 거뜬히 해낼 수 있을 거라고 생각했기 때문이었다.

'다행히 이미 시청률이 높은 프로그램의 촬영은 모두 끝냈다. 나 피디의 신규 프로그램에 들어갈 때까지 수아는 적당한 스케줄로 지금의 캐릭터를 유지하는 게 중요해.'

한편 방송국과 방송국 사이에 있는 어느 뼈해장국집.

다음 스케줄로 이동 중 이 뼈해장국집에 들려 음식을 기다리고 있던 하수아가 갑자기 소리를 질렀다.

"으아아아악!"

마주보고 앉아서 같이 음식을 기다리던 곽준모가 화들짝 놀랐다.

오늘은 서수영 대신 곽준모가 하수아의 케어를 담당하는 날이었다.

곽준모가 놀란 상태로 물었다.

"왜, 왜 그래? 무, 무슨 일 있어?"

"오빠도 들었죠? 내가 내 스케줄, 반으로 두 동강 낸 얘기?"

서수영에게 전해들은 얘기를 상기하며 곽준모가 고개를 끄덕였다.

입사 동기인 서수영과 곽준모는 정호의 지시대로 돌아가면서 밀키웨이 멤버들을 케어하고 있었고 업무의 유연성과 효율성을 위해서 서로 특이 사항을 최대한 적극적으로 공유하고 있었다.

곽준모가 고개를 끄덕이는 걸 보고 하수아가 갑자기 말투를 바꿔 말을 쏟아냈다.

"아, 어쩌죠……? 오빠, 내가 어쩌면 좋죠……? 당장 지금이라도 그 사람에게 찾아가 내 진심을 말하면 될까요……? 내 진심을 말하면…… 그 사람이 다시 나를 돌아봐줄까요……? 나를 다시 보살펴줄까요……? 아, 어쩌죠……? 어쩔까요, 오빠……?"

곽준모가 잠시 생각하다가 말했다.

"수아야. 그거…… 미지가 하는 뮤지컬 대사 맞지?"

말투만이 바뀐 게 아니었다.

어느새 하수아는 아련한 표정을 짓고 있었다.

뼈해장국집의 천장을 슬픈 눈으로 바라보며 하수아가 대답했다.

"비슷하지만 다르답니다. 어쨌든 어쩔까요……? 어쩌면 좋을까요……?"

"그냥…… 과장님에게 전화를 해서 다시 스케줄을 늘려 달라고 하면 안 될까?"

하수아가 식당 냅킨을 뽑아 눈가를 훔치며 대답했다.

물론 눈물은 흐르지 않고 있었다.

"아니요, 그럴 순 없어요. 그 사람에게 떠나달라고 말한 건 나인데…… 어떻게 다시 그 사람에게 돌아오라고 말할 수 있겠나요? 도저히 나에게는 그럴 자격도, 그럴 면목도 없답니다……. 아아, 어쩌면 좋나요……? 어쩌면 좋을까요……?"

결국 난감해질 대로 난감해진 곽준모가 반문했다.

"글쎄…… 어쩌면 좋을까?"

그때 가게 주인이 뼈해장국을 가져왔다.

하수아는 자신 앞에 놓인 뼈해장국을 슬픔에 젖은 채 바라보다가 말했다.

"어쩌긴요……. 어서 이걸 먹고 다음 스케줄을 가야죠……."

그러더니 하수아는 허겁지겁 뼈해장국을 먹기 시작했다.

"와우, 제대론데? 역시 여름에는 뼈해장국이지~ 이열치열~ 응? 뭐 해요? 오빠도 어서 먹어봐요! 진짜 맛있어요!"

곽준모는 그런 하수아를 어이없다는 듯 바라보다가 한참 뒤에야 간신히 밥숟갈을 뜰 수 있었다.

◇ ◆ ◇

그렇게 하수아는 거의 모든 예능 프로그램에 출연했다.

하수아의 캐릭터와는 다소 거리가 먼 아침 방송을 제외하고는 대한민국 예능 프로그램의 전부에 출연을 했다고 해도 과언이 아니었다.

그 결과, 하수아는 거의 한 달 동안 티비만 틀면 등장했다.

정호는 하수아가 출연한 프로그램들을 살펴보며 생각했다.

'이 스케줄을 결국 소화했구나……. 대단하다, 수아야…….'

그리고 더 놀라운 점은 하수아가 출연한 방송이 전부 재밌다는 사실이었다.

시청자의 반응도 가히 폭발적이었다.

[하수아ㅋㅋㅋㅋㅋㅋ 미쳤냐고ㅋㅋㅋㅋㅋㅋ]

[요즘 왜 네이비 실시간 검색어 하수아가 매일 일등임? ㅇㅇ]

[왜긴요ㅋㅋㅋ 하수아만 나오니깐ㅋㅋㅋ 티비를 틀어 보셈ㅋㅋㅋ]

[맨날 나오는데 맨날 웃김ㅋㅋㅋㅋ]

[근데 이거 좀 이상하지 않냐? 청월이랑 불화 있나?]

[헐…… 하수아 뽕 뽑기 실화냐?]

[밀키웨이가 우리 수아를 왜 버리나요? 웃기는 소리 마세요ㅡㅡ]

[ㅇㅇ솔직히 밀키웨이는 하수아 없으면 안 됨]

[맞아ㅋㅋㅋㅋㅋ 하수아 없으면 예능감 전멸 아니냐, 밀키웨이?ㅋㅋㅋㅋ]

[우리 미지 무시하지 마요!]

[우리 유나 무시하지 마요!]

[우리 서연이 무시하지 마요!]

[유니버스ㅉㅉ]

[오서연ㅇㅈ]

[오서연은 진짜 웃기지ㅋㅋㅋㅋㅋㅋ]

[근데 하수아, 왜 이렇게 웃긴지 아시는 분?ㅋㅋㅋㅋㅋㅋ]

하수아의 방송을 모니터링하며 실시간으로 시청자의 반응을 살피던 정호가 생각했다.

'예상대로 반응이 좋군……. 이대로라면 계획대로 잘 흘러가겠는데?'

정호는 하수아의 스케줄을 빡빡하게 잡아서라도 일부러 한 달 내내 노출될 수 있도록 노력했다.

하수아의 예능감과 체력을 믿었기에 내릴 수 있는 판단이었다.

판단은 적중했다.

하수아는 단시일 내에 최고의 예능인 중 하나로 거듭했다.

누가 뭐라고 해도 현재 가장 핫한 예능인은 바로 하수아였다.

그리고 얼마 뒤 기사가 떴다.

—나용석! 이달 말 신규 프로그램 촬영 시작!

—신규 프로그램의 이름은? 임식당!

—임식당에 출연하는 하수아! 나용석, 하수아의 인기에 편승하나?

—하수아, 임식당 고정 출연 확정! 임식당 벌써부터 화제몰이

—하수아가 임식당에 출연한다고? 네티즌, 기대감에 들썩!

나 피디와 CG 쪽에서 적극적으로 정보 유출을 막은 덕분에 지금껏 신규 프로그램에 대한 기사가 뜨지 않았다.

'하지만 이제 한계였겠지……. 이제 곧 촬영이 시작되는 시점이니깐.'

결국 그렇게 기사가 터졌고 기사들은 전부 정호가 원하는 말을 쏟아냈다.

정호의 첫 번째 노림수였다.

아마 아무런 노력 없이 그냥 한 달을 보냈다면 이런 기사가 뜨지 않았을 것이다.

'첫 번째 노림수가 통했고 원하는 결과가 나왔다! 이제 임식당이 승부처다! 여기서 자리를 잡으면 하수아는 걱정 없이 예능인으로 성장할 수 있을 거야!'

물론 정호의 두 번째 노림수는 벌써 구상이 끝난 상태였다.

◇ ◆ ◇

기사가 올라왔다는 소식을 듣고 나 피디도 기사를 확인했다.

그리고 잠시 후, 나 피디는 자신도 모르게 헛웃음을 흘렸다.

'허…… 보통은 아닐 거라고 생각했지만 이 정도일 줄이야…….'

자신의 심기를 거스르는 기사의 제목도 제목이지만 인터넷 기사마다 달린 댓글이 가관이었다.

다양한 칭찬과 욕이 난무하는 댓글이 모두 같은 뉘앙스를 띠고 있었다.

그것은 바로 자신의 신규 프로그램이 하수아의 인기를 이용해 홍보를 한다는 뉘앙스였다.

'이건 꼭 임식당이 하수아의 인기에 편승한 꼴이로군……. 우연인가……? 아니야……. 그럴 리가 없지…….'

나 피디는 일을 이렇게 만든 사람이 누군지 알고 있었다.

나 피디의 머릿속으로 정호의 준수한 얼굴이 떠올랐다.

'담당 피디를 무력하게 만드는 매니저라고 했던가……?'

정호는 모르고 있었지만 예능계에서는 이미 정호의 이름이 널리 퍼져 있었다.

리얼리티 프로그램인 밀키웨이 TV 이후로 생긴 명성이었다.

그때 정호는 담당 피디의 전략과는 별개로 밀키웨이 TV를 주부 오서연이라는 카드로 성공시켰다.

또한 복면가수왕도 있었다.

복면가수왕의 담당 피디는 시청률 상승을 위해 신유나의 정체를 밝혀 달라고 제안했지만 정작 복면가수왕의 시청률에 기여한 것은 정호가 밀어붙인 음색을 바꾸는 묘안이었다.

결과적으로 복면가수왕은 신유나라는 카드가 사라지자마자 시청률이 하락세를 띠기 시작했고 아직도 복면가수왕의 하락세는 수습이 되지 않은 상태였다.

'특별한 전략을 사용한 것은 아니지만 대시맨 500회 특집을 강여운 특집으로 만든 것도 대박이었지…….'

정호의 행보를 떠올리다가 나 피디는 자신도 모르게 한숨을 쉬었다.

그러고는 잠시 뭔가를 생각하더니 어디론가 전화를 걸었다.

"아, 오 부장님! 기사 보셨나요?"

"네, 봤습니다."

"그래서 말인데요……. 제가 부장님께 한 가지 드리고 싶은 제안이 있습니다."

정호만큼이나 나 피디도 만만찮은 인물이었다.

그리고 만만찮은 나 피디가 선택한 것은 경쟁이 아니라 공생이었다.

매니지먼트의 제왕

7장. 일상을 빗겨날 때, 그것은 일탈

임식당의 첫 촬영 날짜가 잡혔다.

그리고 자연스럽게 하수아의 출국 날짜도 정해졌다.

임식당은 복잡한 도시에서 벗어나 발리 근처의 작은 섬인 길리 트라왕안에서 한식당을 오픈하는 프로그램이었다.

낯설지만 새롭고 서툴지만 진심이 담긴 일상의 여유를 즐긴다는 콘셉트였다.

그러다 보니 모든 촬영은 해외에서 이뤄졌다.

"와~ 부장님! 오랜만에 비행기예요, 비행기!"

본격적인 촬영 시작 전, 공항에서부터 벌써 방방 뛰는 하수아였다.

정호는 그런 하수아를 보며 미소를 지었다.

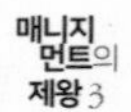

'녀석…… 성격하고는…….'

이번에는 정호가 하수아를 직접 케어하기로 했다.

해외 촬영에 아직 경력이 거의 전무하다시피 한 서수영이나 곽진모를 붙이기에는 다소 불안했기 때문이었다.

'2주 정도는 다녀와도 괜찮겠지……. 팀에는 봉팔이도 있으니깐…….'

최근 총괄매니지먼트부 3팀의 업무가 여유롭기 때문에 내릴 수 있는 결정이었다.

신규 보이 그룹에 관련된 몇 가지 사항을 정해야 했지만 크게 중요한 부분이 아니었다.

그래서 정호를 대신해 민봉팔이 이 사항에 대한 결론을 내기로 했다.

이외에도 주요 인사를 모셔야 하는 정호의 스케줄은 정호가 해외에 나가 있는 동안 민봉팔이 처리해 주기로 했다.

'휴~ 봉팔이가 없었으면 어쩔 뻔했어…….'

새삼 민봉팔의 존재에 감사함을 느끼는 정호였다.

임식당의 출연자는 총 네 명이었다.

임여정, 신동구, 강서진, 그리고 하수아.

이전의 시간에서는 하수아의 자리를 다른 연예인이 차지했지만 이번에 그 자리는 하수아의 것이 됐다.

'해당 배우에게는 미안하지만 어쩔 수 없다……. 그 배우는 코끼리팩토리의 연예인이니깐…….'

정호가 임식당에 하수아의 출연을 결정한 이유 중에는 코끼리팩토리에 대한 소소한 복수도 있었다.

임식당에 소속 연예인을 출연시켜 입지를 넓혔던 코끼리팩토리를 견제한 셈이었다.

다행히 그 배우는 임식당에 출연하지 않아도 연일 다양한 화제를 불러일으키는 입지가 탄탄한 스타였다.

임식당의 자리를 빼앗은 일은 배우와 상관없이 그저 코끼리팩토리에만 타격을 주는 일이라는 뜻이었다.

'그래도 그 배우에게 미안하고 찜찜한 것은 어쩔 수 없군……. 언젠가 도움을 줄 수 있다면 좋겠어…….'

시간을 회귀한 이후 이런 일이 있을 때마다 정호는 최대한 그 가치 이상의 대가를 지불하는 걸 잊지 않았다.

이에 해당하는 인물들로는 가깝게 밀키웨이가 있었다.

'조만간 도울 기회가 생기겠지…….'

그렇게 정호가 생각에 잠겨 있는데 익숙한 목소리가 가까운 곳에서 들려왔다.

"오 부장님이 직접 오셨군요. 아주 잘됐습니다, 하하하."

다름 아닌 나 피디였다.

정호가 나 피디와 간단히 인사를 나눴다.

근황을 묻는 가벼운 대화였지만 정호는 왠지 마음이 편안해지는 듯한 기분이 들었다.

'나 피디의 최대 장점이지……. 상대방을 편안하게 만드는 것…….'

천재 연출가로 불리는 나 피디가 성공시킨 작품들은 독특한 공통점이 있었다.

그것은 바로 프로그램에 '일상을 벗어나는 여유'가 담긴다는 점이었다.

대표작 2박 3일은 물론이고 신혼일지, 고향에서 삼시세끼, 간단한 세계일주, 꽃보다는 역시 시리즈까지 거의 대부분의 프로그램이 그랬다.

마치 섬세한 나 피디의 눈에는 언제나 일상의 틈이 보이는 듯했고 나 피디는 항상 그 틈에 숨어 있는 여유와 행복을 놓치지 않고 손에 쥐었다.

'아주 특별한 재능이지……. 내가 이전의 시간에서부터 나 피디의 방송을 좋아했던 이유이기도 하다…….'

물론 나 피디가 마냥 사람만 좋은 것은 아니었다.

나 피디는 연예계라는 정글에서 누구보다 오래 살아남은 생존의 프로이기도 했다.

일상이 담긴 소소한 대화를 주고받던 나 피디가 불쑥 정호에게 물었다.

"아까 보니 하수아 양은 헌신의 준비가 끝난 것 같더군요. 오 부장님은 어떻습니까?"

나 피디의 질문은 하수아의 촬영 콘셉트에 관한 것이었다.

임식당에 관한 기사가 나간 직후의 일이었다.

갑작스럽게 정호에게 전화를 건 나 피디는 정호에게 한 가지 제안을 했다.

"하수아 양에게 지금까지와는 다른 헌신적인 역할을 부여하고 싶습니다. 그게 가능할까요?"

놀랍게도 나 피디가 제안한 부분은 정호의 두 번째 노림수와 일치했다.

정호는 지금까지 4차원 이미지로 예능계에 어필해온 하수아에게 헌신적이면서도 여유가 묻어나는 이미지를 임식당을 통해 부여할 생각이었다.

안전성을 지향한 정호의 판단이었다.

'반전은 시선을 사로잡기에 무엇보다 좋은 방법이지만 타이밍을 잘못 맞추면 반감을 살 수도 있다……. 하지만 일상의 여유가 풍부하게 살아 있는 임식당이라면 얘기가 달라진다……. 여유가 있는 곳에서의 헌신적인 태도는 하수아에게 한결 풍부한 이미지를 부여할 거야……'

사실 하수아가 가지고 있는 4차원 소녀라는 이미지는 다소 평범한 편에 속했다.

하수아가 4차원의 정점을 보여주었기 때문에 모든 방송에서 흥할 수 있었지만 그것만으로는 예능계에서 장기적으로 확고한 자리를 잡기가 쉽지 않았다.

하수아와 비슷한 캐릭터가 너무나도 많았기 때문이었다.

그래서 정호는 하수아에게 '여유를 즐길 줄 아는 아름다운 4차원 소녀'라는 이미지를 부여할 생각이었다.

이 이미지가 얼핏 보기에는 별거 아닌 것 같지만 프로그램을 연출하는 입장에서는 전혀 달랐다.

남성들이 득실거리는 예능계에서 웃길 줄 알면서도 장면 한 컷으로 분위기를 환기시킬 수 있는 여성 출연자를 찾기란 쉽지 않았다.

'이 이미지만 얻을 수 있다면 하수아가 리얼 버라이어티의 고정 자리를 확보하는 것은 어렵지 않다……. 뿐만 아니라 임식당이라면 더 큰 영향력이 있겠지…….'

정호는 이런 노림수를 가지고 있었기 때문에 나 피디의 제안에 순순히 동의하려고 했다.

하지만 어떤 생각 하나가 정호의 머릿속을 스쳤다.

'가만…… 모든 연출의 권한을 가진 나 피디가 어째서 굳이 나한테 이런 제안을 하는 거지……? 설마……?'

자신의 생각을 확인하기 위해 정호가 나 피디에게 물었다.

"나 피디님의 제안에는 저도 동의합니다. 임식당에서 제가 수아에게 원했던 역할도 그런 것이었으니까요. 그런데 이런 말씀을 제게 하시는 이유가 뭐죠?"

침묵과 함께 잠시 나 피디가 말을 고르는 듯하더니 답변을 들려줬다.

"저는 원래 하수아 양에게 적당한 수준의 헌신만을 요구하려고 했습니다. 연출이 가미되지 않은 자연스러운 수준이었죠. 그것만으로도 하수아 양만의 여유로움과 낙천성이 발휘될 거라고 생각했습니다. 제가 하수아 양을 캐스팅하려고 마음을 먹게 된 그 느낌들이 말이죠. 그런데……."

"그런데요?"

"지금은 상황이 달라졌다고 생각합니다. 이제 그 정도의 강도만으로는 하수아 양의 여유로움과 낙천성은 충분히 발휘될 수가 없어요. 오히려 그게 연출처럼 보여서 하수아 양에게 피해를 줄 수도 있습니다."

나 피디의 말은 정호도 공감하는 부분이었다.

한 달간 모든 방송에서 4차원 이미지를 뽐내던 하수아가 갑자기 임식당에서만 말없이 길리 트라왕안의 여유를 즐긴다면 이상해 보일 것이 분명했다.

"그렇겠죠."

"그래서 저는 헌신의 강도를 높이려고 합니다. 하수아 양이 일에 열중할수록 시청자들은 오히려 여유를 느낄 것입니다. 하수아 양의 헌신은 먹고 살기 위한 사투가 아니라 현재의 여유를 즐기기 위한 하나의 방법에 지나지 않으니까요."

"맞습니다. 좋은 전략이군요."

"그런데 기사가 나가는 걸 보고 조금 걱정스러운 생각이 들었습니다. 제가 듣기로 오 부장님은 자신의 연예인 고생하는 걸 도저히 두 눈 뜨고 지켜보지 못한다는 것 같았거든요. 그래서 미리 동의를 구하려고 마음을 먹었습니다. 괜찮겠습니까? 하수아 양이 생각보다 더 고생을 해도?"

◇ ◆ ◇

임식당의 본격적인 촬영이 시작됐다.

개업 전, 하수아는 다른 출연자들과 급속도로 친해졌다.

하수아 특유의 친화력이 발휘된 결과였다.

'하수아를 제외한 세 사람이 모두 배우라서 걱정이었는데 다행이군……. 특히 강서진이 하수아를 잘 챙겨주네…….'

하수아 본인의 노력과 강서진의 도움으로 하수아는 원로급 배우인 임여정, 신동구와도 금세 친해질 수 있었다.

그리고 마침내 임식당이 정식으로 개업했다.

이때부터 하수아는 엄청난 속도로 일을 처리하기 시작했다.

아무리 촬영 전에 친해졌다지만 평소 하수아가 하는 대로 배우들에게 말을 거는 것은 쉽지 않았고 그러다 보니 하수아는 어쩔 수 없이 일에 집중할 수밖에 없었다.

보통 사람이라면 혀를 내두를 정도의 많은 일을 하수아는 어떤 경우에서도 미소를 잃지 않고 조금 서툴지만 모두 해냈다.

영어 실력도 나쁜 편은 아니었기 때문에 임식당을 찾은 길리 트라왕안의 관광객과도 더듬더듬 곧잘 대화를 나눴다.

업무의 강도가 높아지자 나 피디가 힐끔 정호를 쳐다봤다.

하지만 정호는 부동의 자세로 하수아의 행동만을 꼼꼼히 지켜볼 뿐이었다.

나 피디의 우려는 오해에서 비롯된 결과였다.

정호가 지금까지 자신의 연예인을 고생시키지 않으려고 노력한 것은 그 고생들에 타당한 이유가 없었기 때문이었다.

정호는 타당한 이유가 존재한다면 어느 정도의 고생을 감수할 수도 있다고 생각하는 사람이었다.

일례로 밀키웨이와 황성우가 겪었던 강도 높은 연습이 있었다.

'물론 그렇다고 해서 연예인의 동의를 구하지 않거나 연예인의 몸과 정신을 함부로 망가뜨리는 결과를 낳아서는 안 되지만…….'

하수아는 이번 촬영의 콘셉트가 무엇인지 이미 정호에게 전해들은 상태였다.

또한 이번 촬영의 콘셉트로 얻을 것이 무엇인지도 정호로부터 확인받은 상황이기도 했다.

하수아가 워낙 4차원이고 여기저기 끼어들어 대화를

하기 좋아하는 성격이긴 하지만 사리 분별을 못 할 정도의 바보는 아니었다.

"오, 그래요? 예쁘게 땀을 흘리며 열심히 일만 하면 된다는 뜻이네요? 후후후, 드디어 이 몸의 미모를 마음껏 자랑할 시간이군요."

오히려 콘셉트를 정확히 파악하고 상황을 미리 내다볼 줄 아는 프로였다.

'잘하고 있군. 자신의 역할에 제대로 빠져들었어.'

그리고 실제로 하수아는 이런 일들을 즐기는 편이었다.

오서연처럼 척척 잘해내는 것은 아니지만 숙소에서 오서연 다음으로 집안일을 많이 하는 사람이 바로 하수아였다.

그러다 보니 어느새 하수아는 임식당에서도 자신이 해야 하는 일들을 진심을 다해 해내고 있었다.

그러자 그것은 고생스러운 일이 아닌 여유가 묻어나는 즐거운 일처럼 느껴지기 시작했다.

바로 이것이 임식당에서 노리는 하수아의 역할이었다.

나 피디가 말한 대로 임식당에서의 모든 일들은 먹고 살기 위한 사투가 아니라 현재의 여유를 즐기기 위한 하나의 방법에 지나지 않았으니깐.

'조금 낯설고 서툴러도 상관없다. 오히려 낯설고 서투르기 때문에 사람들은 임식당을 보며 새로움과 진심을 느끼는 것이겠지. 그리고 그때서야 비로소 일상에서 벗겨난 일탈을 간접적으로나마 느끼는 것이다.'

정호는 속으로 이런 생각을 하며 하수아의 예능 도전기를 담담하게 지켜봤다.

하수아의 예능 도전기는 어느새 막바지에 이르고 있었다.

아도 인기 놀이를 시작했다.

하수아의 모든 것이 이슈가 됐다.

온라인상의 반응도 반응이지만 특히 광고가 물밀 듯이 들어온다는 점에서 이전과 질적으로 판이하게 다른 인기였다.

정호가 지금까지의 상황을 살피며 생각했다.

'커피, 화장품, 샴푸, 향수, 에너지 드링크 등의 광고가 들어오고 있군. 이건 내가 원하는 포지션을 수아가 확보했다는 뜻이다.'

하수아는 임식당을 통해서 이전과는 다른 포지션을 확보했다.

이전까지만 해도 하수아는 단순히 '아이돌 출신의 웃기고 엉뚱한 4차원 소녀' 였다.

독특하다기보다는 평범한 쪽에 가까운 포지션이었다.

하지만 임식당을 통해서 하수아는 '여유를 즐길 줄 아는 아름다운 4차원 소녀' 가 됐다.

[ㄷㄷㄷ하수아가 저렇게 예뻤냐?ㄷㄷ]

[다 같이 모여 있으면 모르는데 밀키웨이 멤버들이 누구 하나라도 떨어져 있으면 안 예쁜 애가 없지ㅎㅎㅎ]

[ㄴ유니버스는 오늘도 열일하는구나]

[열일하는 건 하수아의 미모ㅎ]

[아…… 나도 저런 데 가고 싶다…… 회사 지겨워!]

[ㅋㅋㅋ새삼 이제 와서 하수아 예쁘다는 애들 뭐냐ㅋㅋ ㅋㅋ 지금까지 뭐 본 거야?ㅋㅋㅋ]

[하블리! 하블리!]

[임식당은 진짜 하수아의 인생작이다! 여태까지의 하수아는 돌봐줘야 할 것만 같았던 아이의 느낌이 강했다면 지금의 하수아는 나를 위로해 주는 여인의 느낌이 든다! 이럴 때 인간 비타민이라는 표현을 쓰는 것이겠지!]

[ㄴ하수아가 여인이라고?ㅋㅋㅋ미쳤다ㅋㅋㅋㅋ]

[ㅋㅋ이제 이십 대 초반인 애한테 여인이라니ㅋㅋㅋㅋㅋ 그나마 인간 비타민은ㅇㅈ]

[와, 미모 실화냐?ㅋㅋㅋㅋ 요정이다 진짜ㅋㅋㅋㅋㅋ]

[ㅇㅇ알바 요정임]

하수아는 연일 온라인상을 들썩이게 했다.

그러다 보니 밀키웨이는 몰라도 하수아를 아는 사람들이

속출하기 시작했다.

또 몇몇 사람들은 하수아를 배우로 착각하는 경우도 생겼다.

'좋아. 수아가 이렇게 예능계에 성공적으로 안착을 하는구나.'

정호의 생각은 설레발이 아니었다.

시간이 지나고 어느새 임식당의 방송 종료가 임박했을 무렵, 나 피디가 조용히 정호를 찾아왔다.

"부장님, 시간 있으십니까?"

평소에도 깍듯이 예의를 차리는 편이었지만 나 피디의 태도는 평소보다도 조심스러워 보였다.

"네, 물론입니다. 이쪽에 앉으실까요?"

정호는 임식당 촬영장 한쪽에 놓여 있는 야외 테이블을 가리키며 물었다.

나 피디가 고개를 끄덕였다.

잠시 후, 두 사람은 마주 앉아 있었다.

가만히 정호를 바라보던 나 피디는 더 이상 시간을 지체하지 말아야겠다고 생각했는지 본론을 꺼냈다.

"제가 임식당이 끝나면 신규 프로그램을 준비할 예정입니다. 괜찮다면 신규 프로그램에서도 수아 양과 함께하고 싶어요."

정호는 나 피디가 하는 말이 무엇인지 알 수 있었다.

나 피디는 종종 자신이 연출했던 프로그램의 출연진을 신규 프로그램에서 활용하곤 했다.

예를 들면 임식당에서는 꽃보다는 역시 시리즈에서 활약한 강서진을 데려왔다.

이처럼 이번에는 하수아를 다음 프로그램에 출연시키고 싶다는 뜻이었다.

안전성과 흥행을 모두 노리겠다는 의도였다.

'의도를 떠나서 수아에게는 나쁘지 않은 제안이다. 근데 나 피디의 다음 프로그램이라면 알필신잡(알아둬도 필요 없는 신비한 잡학사전) 아닌가? 수아랑은 전혀 어울리지 않는 포맷일텐데?'

괜히 고민하며 끙끙댈 필요가 없는 상황이었다.

궁금한 게 있으면 눈앞에 있는 나 피디에게 물어보면 됐다.

정호는 단도직입적으로 나 피디를 향해 입을 열었다.

"나 피디님의 제안이라면 언제나 긍정적으로 생각하고 있죠. 다만 대답하기에 앞서서 다음 프로그램의 콘셉트부터 들어봐도 될까요?"

그러자 나 피디가 뭔가를 깨닫고는 대답했다.

"아아, 제 다음 프로그램에 대한 소문이 벌써 부장님에게까지 퍼진 모양이군요. 아시겠지만 다음 프로그램인 알필신잡의 콘셉트에는 수아 양은 전혀 어울리지 않습니다. 제가 부탁드리고 싶은 프로그램은 그다음 프로그램입니다."

나 피디는 정호에게 다음다음 프로그램의 콘셉트를 설명하기 시작했다.

이미 생각해둔 바가 많은지 꽤 상세한 설명이었다.

정호는 나 피디의 설명을 듣고 다음다음 프로그램의 흥행 여부가 기억났다.

그랬기 때문에 어렵지 않게 나 피디에게 긍정적인 대답을 돌려줄 수 있었다.

"좋습니다. 나 피디님이라면 수아에게 어울리는 콘셉트로 방송을 잘 만들어 주시겠죠. 그럼 잘 부탁드리겠습니다."

나 피디의 신규 프로그램에 합류가 확정된 이상 하수아의 예능 도전기는 완벽한 성공이었다.

어느새 3개월이 지났다.

그사이 임식당은 성황리에 종영을 했다.

많은 이야깃거리가 나왔지만 그중에서도 단연 돋보였던 것은 역시나 하수아였다.

함께 길리 트라왕안에서 지내면서 이제는 거의 가족이 되어버린 임여정이 이런 인터뷰를 할 정도였다.

"임식당 최대 수혜자는 수아인 것 같아요. CF도 많이 찍었다고 들었죠. 그래서 내가 수아한테 적어도 1년 동안은 만날 때마다 밥을 사라고 했어요."

흥행도 흥행이지만 하수아에게는 좋은 추억거리를 남겨준 임식당 촬영이었다.

굉장히 아쉬웠는지 임식당의 마지막 촬영을 마치고 돌아오는 길에 하수아는 이런 말을 하기도 했다.

"부장님…… 우리 진짜 이제 길리 트리왕안 안 가는 거예요……?"

"응, 안 가."

"치~ 못됐어. 그렇게 단호하게 말할 건 없잖아요……."

힐끔 백미러로 하수아의 우울한 얼굴이 보였다.

"대신 나 피디가 하는 다음다음 프로그램에 출연하기로 했어."

"오, 정말요? 그럼 그 프로그램에 신동구 선생님이랑, 임여정 선생님이랑, 강서진 오빠도 출연하는 거예요?"

"아니."

"치~ 못됐어. 웬만하면 같이 가게 해주지……. 나는 우리 팀이 좋은데……."

그래도 다음 프로그램을 나 피디랑 하는 것은 나쁘지 모양이었다.

백미러로 보이는 하수아의 얼굴이 한결 나아 보였다.

하수아뿐만 아니라 유미지도 〈검은 황태자의 여인〉의 공연을 끝냈다.

〈검은 황태자의 여인〉의 주인공으로 총 스물한 번 무대에 오른 유미지는 확실히 이전보다 연기에 대한 자신감이 붙었다.

단순히 자신감만 붙은 게 아니었다.

연기자로서 유미지의 가능성을 확인한 다양한 연출가들이 유미지를 데려오기 위해 눈독 들였다.

뮤지컬 쪽에서 대본을 가장 많이 보내왔지만 드라마나 영화 쪽에서도 적지 않은 양의 대본이 들어왔다.

정호가 이 소식을 전하며 유미지에게 대본들을 넘겼다.

며칠 후 대본들을 전부 꼼꼼하게 읽어본 유미지가 정호를 찾아왔다.

"대본들은 전부 검토했어요……. 부장님, 근데요……. 저는 아무래도 뮤지컬이 좋은 거 같아요……."

아직 이전의 뮤지컬 캐스팅 사건을 잊지 않았는지 조금 경직된 태도를 보이는 유미지였다.

정호가 그런 유미지를 가만히 바라보다가 고개를 끄덕였다.

그러더니 사무실 책상 밑에 넣어둔 대본을 건넸다.

대본을 받으면서 유미지가 물었다.

"이게 뭐예요……?"

"읽어봐."

처음에는 의아해하던 유미지의 표정이 대본을 읽으면 읽을수록 점점 환해졌다.

유미지가 손에 들고 있는 것은 바로 정 감독의 대본이었다.

"다른 누구보다도 정 감독님이 가장 먼저 대본을 보내왔어. 나는 정 많은 네가 제대로 고민도 안 해보고 그 대본부터 덥석 고를까봐 일부러 보여주지 않았고."

정호의 말을 듣고 대본을 읽던 유미지가 울상을 지으며 대답했다.

"힝…… 저는 정 감독님이 저를 버린 줄 알았어요……."

정호가 그런 유미지를 보며 씩 웃으며 말했다.

"설마 정 감독님이 최고의 뮤지컬 스타도 못 알아보겠어? 그래서 어쩔 거야? 그 뮤지컬 할 거지?"

유미지가 울상을 지우고 씩씩하게 고개를 끄덕이며 대꾸했다.

"물론이죠!"

정호는 책상 위에 올려둔 밀키웨이의 앨범을 찬찬히 살피고 있었다.

정확히는 밀키웨이의 멤버들이 모두 등장하는 앨범 재킷 사진을 보고 있는 중이었다.

정호가 신유나, 유미지, 하수아의 얼굴을 차례로 살폈다.

신유나는 솔로 가수로 성공적인 데뷔를 했고 유미지는 뮤지컬 배우로 입지를 다졌으며 하수아는 예능계의 블루칩으로 떠오른 상태였다.

'모두가 생각보다 잘해줬어. 계속 도움을 준다면 이 세 사람은 흔들리지 않고 자신만의 길을 계속해서 개척해 나가겠지.'

그렇게 신유나, 유미지, 하수아를 살피던 정호의 눈이 한 곳에서 멈췄다.

바로 오서연이 있는 곳이었다.

'이번에는 서연이 차례인가?'

정호는 총괄매니지먼트부 3팀의 회의를 소집했다.

총괄매니지먼트부 3팀만이 모였는데도 회의실이 꽉 차는 느낌이었다.

'황태준이 있었다면 다 앉지 못해서 더 큰 방으로 옮겨야 했겠어.'

약속된 3개월이라는 시간을 채우고 황태준은 퇴사를 한 상태였다.

퇴사 후에도 몇 번 연락을 해 보니 열심히 사업 준비 중에 있다고 했다.

'자기 사업을 하는 게 쉽지 않을 테니 자연스럽게 준비 기간도 길어지겠지. 도움을 줄 수 있다면 좋을 것 같은데……. 여운이의 다음 스케줄이 어떻게 되더라?'

그렇게 정호가 생각에 빠져 있을 때 민봉팔의 목소리가 들려왔다.

"정호야, 팀원들 다 모였다."

정호가 상념에서 벗어나 찬찬히 총괄매니지먼트부 3팀을 바라봤다.

3개월간 일을 열심히 배운 덕분인지 신입 사원들도 꽤나 든든하게 느껴졌다.

"다들 알다시피 이제 밀키웨이 멤버들 중에는 서연이만이 아직 자신의 분야를 개척하지 못했다. 이 부분에 대해서 의견을 나누고 앞으로의 전략을 구상하고 싶은데…… 다들 준비해 왔겠지?"

기다렸다는 듯이 김만철이 발언권을 얻어서 입을 열기 시작했다.

"서연이는 아무래도 우리나라에서 독보적인……."

다시 또 한 달이 지났다.

정호는 오서연과 함께 방송국으로 향하고 있었다.

다름 아닌 낫프리티 랩스타의 촬영장으로 가는 길이었다.

'가장 확실한 전략이다……. 서연이는 이전의 시간에서도 낫프리티 랩스타로 스타의 반열에 올랐었으니깐…….'

앞서 설명한 바가 있지만 이전의 시간에서 김교빈 생일

파티 사건 이후 정호가 다음으로 맡은 연예인이 바로 오서연이었다.

워낙 미모부터 실력까지 모든 부분이 출중했기 때문에 오서연은 솔로로 데뷔하여 가수 활동을 시작했는데 회사의 예상과는 달리 꽤 오랜 시간 성공을 하지 못했다.

딱히 오서연에게 문제가 있는 것은 아니었다.

문제는 실력이 아무리 좋아도 행운이 따라야 성공을 할 수 있는 연예계라는 곳의 생태에 있었다.

'그런 서연이가 이름을 알리고 스타로 도약한 곳이 바로 낫프리티 랩스타였지. 이곳이라면 언제나 느낌이 좋다. 이번에도 서연이는 반드시 이곳에서 홀로 서기를 할 수 있을 거야!'

정호는 귀에 이어폰을 꽂은 채 리듬을 타며 과자를 집어 먹는 오서연을 불렀다.

"서연아, 어때? 긴장되니?"

오서연이 이어폰을 귀에서 빼며 물었다.

"네? 뭐라고요?"

"긴장되냐고."

그러자 오서연은 손에서 이어폰과 과자를 내려놓고 우울한 표정을 한 채 말했다.

"네…… 그러니깐 촬영 전에 술 한 잔 마셔도 돼요?"

"수작 부리지 마. 안 돼."

"네."

오서연은 아무렇지도 않다는 듯 다시 귀에 이어폰을 꽂고 과자를 집어 먹으며 리듬을 타기 시작했다.

긴장감이라고는 단 한 점도 느낄 수 없는 태도였다.

매니지먼트의 제왕

9장. This is competition

촬영장에 도착한 정호와 오서연은 대기실로 향했다.

일찍 도착했기 때문에 우선 대기실에서 휴식을 취하기로 했다.

정호는 잠깐 눈을 붙였고 오서연은 흥얼흥얼 비트에 맞춰서 오늘 준비해온 랩을 연습했다.

잠시 후 잠에서 깬 정호가 오서연에게 말했다.

"서연아, 인사드리러 가자."

정호는 어떤 경우에도 대기실을 돌며 인사를 하는 걸 잊지 않는 편이었다.

스케줄이 빡빡해서 메이크업도 못 고치고 무대에 오르는 상황이 아니라면 반드시 인사를 하기 위해 촬영장을 돌았다.

'사람은 늘 겸손해야 해……. 낫프리티 랩스타만큼 겸손이라는 말이 우습게 들리는 곳도 또 없겠지만…….'

그렇게 대기실을 나서려고 하는데 누군가 찾아왔다.

낫프리티 랩스타의 메인 피디인 주 피디였다.

주 피디가 문 앞에 서 있는 정호를 향해 반갑게 인사했다.

"오 부장님! 전화로 인사드렸던 주형곤 피디라고 합니다. 반갑습니다."

"저도 반갑습니다, 주 피디님. 청월 엔터테인먼트의 오정호입니다. 그리고 이쪽은 밀키웨이의 오서연 양입니다."

"안녕하세요, 오서연입니다. 잘 부탁드리겠습니다."

자연스럽게 소개를 받은 오서연이 꾸벅 공손하게 인사를 했다.

주 피디가 다소 호들갑스럽게 오서연의 말을 받았다.

"이야, 오서연 양 반가워요. 티비로 봤을 때는 약간 무서웠는데 이렇게 보니 얼굴도 화사하고 인사성도 바르네요. 제가 잘못 본 모양입니다, 하하하."

호탕하게 웃어젖히는 주 피디를 보며 정호가 생각했다.

'확실히 밀키웨이가 유명하긴 유명한 모양이야.'

보통의 경우라면 메인 피디가 이렇게 출연자의 대기실을 먼저 찾지 않았다.

소탈하고 사교성이 뛰어난 메인 피디가 아니라면 출연자와 매니저가 메인 피디를 찾는 게 보통이었다.

'그런데 주 피디가 오서연의 대기실까지 찾아왔다는 건 그만큼 밀키웨이의 인기가 대단하다는 거겠지.'

확실히 아무리 밀키웨이 내에서 개인 인지도가 가장 낮다지만 최정상급 걸 그룹의 멤버가 시청율이 겨우 2~3퍼센트를 왔다 갔다 하는 프로그램에 출연하는 일은 거의 없다고 봐야 했다.

주 피디도 그 부분을 언급했다.

"오서연 양이 이렇게 저희 프로그램에 출연해줄 거라고는 생각도 못 했습니다. 오 부장님이 직접 전화를 주셨을 때 얼마나 놀랐는지…… 하하하."

그랬다.

총괄매니지먼트부 3팀의 전략 회의가 끝나고 낫프리티랩스타에 전화를 건 사람은 바로 정호였다.

매 시즌마다 오서연의 출연 의사를 물었던 주 피디가 왠지 이번만큼은 전화를 하지 않을 것 같았기 때문이었다.

"시즌2와 시즌3 때 모두 거절을 하셔서 이번에도 가능성이 없을 거라고 지레 겁을 먹고 전화를 안 드렸거든요. 워낙 밀키웨이의 인지도가 저번과는 판이하게 달라지기도 했고요, 하하하."

정호는 주 피디에게 듣기 좋은 말을 들려줬다.

"주 피디님의 제안을 거절할 때마다 정말 아쉬웠습니다. 서연이가 지금이라도 이렇게 좋은 프로그램에 출연할 수 있게 되어서 기쁩니다."

"하하하, 그렇게 생각해 주시면 저야말로 감사하죠. 그나저나 어딜 가시던 길입니까?"

주 피디는 그제야 정호와 오서연의 대기실에 서 있는 위치가 어정쩡하다는 걸 깨달은 모양이었다.

정호가 주 피디의 물음에 순순히 대답했다.

"스태프를 비롯한 다른 출연자분들께 인사를 드리러 가던 참이었습니다."

정호의 대답을 듣고 주 피디가 화들짝 놀랐다.

"이, 인사를요?"

"왜요? 이상합니까?"

"아, 아닙니다. 다만 걱정스러워서요. 오늘 첫날이라서 다들 분위기가 장난 아닐 텐데……."

카메라 앞에는 검은 벽을 배경으로 소파 하나가 놓여 있었다.

잠시 후 진하게 눈 화장을 한 여자가 그 소파에 앉았다.

소파에 앉은 여자는 프리다라는 이름으로 활동하는 가수였다.

투투에서 작년에 데뷔시킨 펑키걸스의 멤버이기도 했다.

"큼큼."

프리다가 자리에 앉아서 목소리를 가다듬었다.

그러자 프리다의 얼굴에는 강렬한 인상만이 남았다.

그렇게 프리다의 사전 인터뷰가 시작됐다.

—평소 밀키웨이에 대해서 어떻게 생각하셨나요?

"밀키웨이? 이름이 촌스러워요. 살균 우유 먹는 초등학생 느낌이잖아요."

—오서연 양의 실력을 평가하자면?

"인기발이죠. 솔직히 유명 걸 그룹 멤버가 아니었으면 여기에 나올 수나 있었을까요? 토 나와."

—본인도 펑키걸스라는 걸 그룹 멤버이지 않나요?

"저랑은 달라요. 저희 팀은 밀키웨이처럼 이름이 촌스럽지도 않고 유명하지도 않죠. 그러니깐 오로지 실력, 저는 오로지 실력만으로 평가받고 나왔습니다."

—마지막으로 낫프리티 랩스타에 출연하는 각오 한마디.

"결국 우승은 프리다. 오서연은 저쪽으로 빠져서 살균 우유나 쪽쪽 빨아라."

◇ ◆ ◇

주 피디가 무슨 걱정을 하고 있는지 정호도 알았다.

이전의 시간에서도 낫프리티 랩스타에 오서연을 출연시킨 바 있는 정호였다.

그러다 보니 첫날의 대기실 분위기가 어떤지 웬만한

스태프 못지않게 잘 알고 있었다.

정호와 오서연은 '프리다' 라고 적혀 있는 대기실 문 앞에 섰다.

정호가 대기실 문을 똑똑, 하고 두드렸다.

그러자 대기실 안쪽에서 허스키한 목소리가 들려왔다.

"네, 들어오세요."

정호가 문을 열고 대기실로 들어서자 공기가 갑자기 차가워지는 느낌이 들었다.

프리다를 비롯한 대기실을 내부의 모든 사람들이 얼어붙은 것 같은 착각이 들 정도였다.

'프리다라고 그랬나? 생각보다 더 살벌한데?'

정호가 그런 생각을 하며 인사를 하려는데 프리다가 얼음에서 깨어난 것처럼 자리에서 일어났다.

"와아~ 안녕하세요, 펑키걸즈의 프리다라고 합니다. 오서연 언니 맞죠? 정말 팬이에요."

"네, 안녕하세요. 밀키웨이의 오서연이라고 합니다. 잘 부탁드립니다."

늘 공손하지만 어딘지 모르게 로봇 같은 면이 있는 오서연의 인사였다.

오서연의 인사를 듣고 프리디가 허스키한 목소리로 호들갑을 떨었다.

"알죠, 밀키웨이! 진짜 이름 멋져요. 우리도 밀키웨이처럼 좋은 이름이었으면 좋았을 텐데."

"펑키걸스도 충분히 멋있어요."

"정말요, 언니? 그렇게 말씀해 주셔서 고마워요. 앉아서 뭐 좀 드시겠어요? 물? 주스? 아니면 우유?"

얘기가 길어질 것 같자 정호가 끼어들었다.

"저희는 괜찮습니다. 다른 곳에도 인사를 다녀야 하거든요."

"어? 혹시? 청월의 오정호 부장님?"

"네? 네."

"안녕하세요, 말씀 많이 들었어요! 스타를 만드는 스타 매니저 오정호! 잘 부탁드립니다."

공손하게 인사를 하는 프리다를 보며 정호가 생각했다.

'허스키한 목소리로 호들갑을 떨고 애교를 부리는 게 왠지 조금 무섭긴 하지만, 나쁜 애는 아닌 것 같네.'

다음 사전 인터뷰 대상자는 더 강렬한 인상을 가진 사람이었다.

타이티박스라는 걸 그룹의 멤버인 데미의 차례였다.

프리다에 비해 몇 배 진한 화장과 온통 검은색뿐인 의상이 강렬한 느낌을 줬다.

데미가 모자를 푹 눌러쓴 채 소파에 앉았다.

—이번 낫프리티 랩스타의 참가자가 누군지 들었나?

"몰라요. 누군지 몰라도 전부 박살 내겠습니다."

—이번 대회에서 어떤 모습을 보여줄 생각인가요?

"랩으로 사람을 찢어 죽이는 모습."

—얼굴 좀 보여주세요. 원래 잘 웃지 않는 편인가요?

"잘 웃어요. 지금도 웃고 있는 겁니다."

—역시 이번 대회의 목표는 우승이겠죠?

"아마 그렇겠죠. 전부 박살 내고 나면 우승밖에 안 남을 테니깐."

◇ ◆ ◇

어쩌다 보니 프리다의 대기실에서 오래 있었다.

프리다는 꽤나 수다스러운 편이었다.

'휴…… 그런 눈 화장과 목소리로 쉴 새 없이 떠드는 걸 보니 왠지 소름이 끼쳤어. 어서 인사를 전부 돌고 대기실로 돌아가 쉬어야겠다.'

정호가 그런 생각을 하며 '데미' 라고 적혀 있는 대기실 문을 두드렸다.

하지만 대답은 돌아오지 않았다.

'뭐지……?'

정호는 다시 대기실 문을 두드렸다.

하지만 이번에도 역시 대답은 돌아오지 않았다.

오서연이 말했다.

"아무도 없나 본데요?"

"그런 거 같지? 사전 인터뷰 중인가? 다른 곳에 가보자."

목소리가 들려온 것은 정호와 오서연이 발걸음을 옮기려고 할 때였다.

"……들어와."

정호와 오서연이 동시에 멈춰 섰다.

"들었지?"

"들었어요."

"약간 섬뜩한데?"

"재밌겠다. 얼른 들어가 봐요. 낄낄낄."

정호가 휴, 하고 한숨을 쉬며 대기실 문을 열었다.

그러자 눈앞에는 프리다의 방과는 또 다른 특별한 풍경이 펼쳐졌다.

'이건 뭐야? 왜 이렇게 어두워?'

실제로 방이 어두운 것은 아니었지만 왠지 그렇게 느껴지는 분위기였다.

정호가 데미로 추정되는 한 여자 앞으로 다가갔다.

"안녕하세요, 청월 엔터테인먼트의 오정호 부……."

하지만 정호는 끝까지 말을 잇지 못했다.

데미로부터 뜻밖의 반응이 나왔기 때문이었다.

"설마 오서연?"

"응? 데미?"

모자를 푹 눌러쓴 채 무섭게 앉아 있던 데미가 자리에서 일어났다.

그러고는 오서연을 향해 뚜벅뚜벅 걸어왔다.

"어, 어. 오지 마요. 그쪽에서 얘기해요."

정호가 왠지 모를 위협을 느끼고 그런 데미를 막아서려고 했다.

하지만 그럴 수 없었다.

정호의 뒤에 서 있던 오서연도 뚜벅뚜벅 데미를 향해 다가가고 있었기 때문이었다.

'아이고…… 설마 여기서 한 판 붙이려는 건가?'

정호의 예상은 보기 좋게 빗나갔다.

뜻밖에도 데미와 오서연이 포옹을 했다.

'이게 무슨 상황이지?'

데미와 오서연이 포옹을 한 채 말했다.

"마이 브로, 서연. 너도 여기 나오는구나."

"데미, 오랜만이다. 너 언제 데뷔했어?"

정호도 모르고 있었던 사실이었다.

데미와 오서연은 아주 오래된 친구 사이였다.

낫프리티 랩스타의 촬영이 시작됐다.

이번 낫프리티 랩스타 시즌4의 진행자는 다시 돌아온

싸이니였다.

시즌1과 시즌2의 진행을 맡았던 싸이니는 시즌3에서 잠깐 배동근에게 진행자 자리를 넘겨줬지만 이번 시즌4에서 다시 진행을 맡았다.

싸이니의 진행이 확실히 깔끔하고 보기가 좋았다.

실력의 차이 때문인지 신뢰도도 배동근보다는 싸이니 쪽에 더 있는 편이었다.

보통의 예능 방송처럼 능수능란하지는 않지만 싸이니는 자신만의 스타일로 자연스럽게 진행을 이어 나갔다.

힙합 스타일이 적절하게 가미된 진행이었다.

그렇게 싸이니의 소개와 함께 출연자가 모두 등장했다.

자연스럽게 이번 낫프리티 랩스타 1화 방송분의 하이라이트라고 할 수 있는 자기소개 사이퍼 순서로 넘어갔다.

"Drop the beat!"

싸이니가 외쳤고 프리다를 시작으로 자기소개 사이퍼가 펼쳐졌다.

점점 분위기가 달아오르고 있었다.

오서연이 잘할지 걱정이라도 할 법한데 정작 정호의 시선은 다른 곳을 향했다.

'데미……. 데미라…….'

정호의 시선이 향한 곳에는 데미가 앉아 있었다.

'아무리 생각해도 기억이 나질 않아. 누구지? 도대체

누구인거지?'

매니저의 신분으로 오서연을 오랫동안 케어했던 정호로서도 전혀 알지 못하는 인물이었다.

심지어 연예계에 저런 인물이 있었다는 사실조차도 기억이 나질 않았다.

'이름 없이 사라진 수많은 걸 그룹 멤버 중에 하나인 건가?'

그렇게 정호가 생각에 빠져 있을 때 데미가 자신의 랩을 시작했다.

그리고 출연자들은 모두 충격에 빠졌다.

데미의 실력이 엄청났기 때문이었다.

'아니야. 이런 실력인데 기억나지 않을 리가 없어. 데미는 이전의 시간에서는 연예계에 데뷔하지 않았던 인물이다!'

편안한 여정일 거라고 생각했던 낫프리티 랩스타에 변수가 등장하는 순간이었다.

매니지먼트의 제왕

10장. 변수의 이상한 작용

데미라는 변수는 그대로 작용했다.

총 아홉 명의 참가자가 세 명씩 세 팀으로 나뉘어 대결을 펼치는 '팀 배틀 라운드'에서부터 오서연과 데미는 한 팀이 되었다.

'처음부터 생각지도 못한 조합이라니. 그나마 두 사람이 대결을 하는 게 아니라서 다행이라고 해야 할까?'

팀은 오서연, 데미, 그리고 자멜리라는 래퍼로 구성됐다.

세 사람은 방송이 끝나자마자 모여서 무대를 구성하기 시작했다.

오서연이 먼저 입을 열었다.

"비트 들어보면서 파트부터 쪼개자."

무대의 구성은 일사천리로 끝이 났다.

세 사람 중에서 큰 무대 경험이 가장 많은 오서연이 적절하게 파트를 나눴고 데미가 중간중간 훅이 들어갈 타이밍이나 브릿지로 이어줘야 할 부분들을 캐치해 냈다.

자멜리도 아예 감각이 없는 건 아니었는지 조금씩 내는 의견들이 쓸 만한 구석이 있었다.

얼추 각자의 파트가 다 정해지자 데미가 말했다.

"서연, 불러볼까?"

오서연이 대답 대신 고개를 끄덕였고 팀 배틀 라운드의 연습이 시작됐다.

이틀 후.

다시 낫프리티 랩스타의 출연진들이 한자리에 모였다.

진행자인 싸이니가 자연스럽게 멘트를 쳤다.

"오늘은 대망의 팀 배틀 라운드가 있는 날인데요. 각자의 팀들이 어떤 무대를 보여줄지 무척이나 기대가 됩니다. 바로 시작해 볼까요? Drop the beat!"

첫 번째 차례는 프리다의 팀이었다.

팀의 다른 멤버들은 실력이 그럭저럭 평범한 수준이었지만 프리다의 랩은 썩 괜찮은 편이었다.

속도가 다소 지루할 정도로 느리다는 점만 뺀다면 플로우를 훌륭하게 짜왔기 때문에 충분히 높은 평가를 받을 수 있었다.

실제로 이번 팀 배틀 라운드의 심사위원들도 비슷한 평가를 내렸다.

"플로우를 잘 짜는 편이네요."

"입체감이 있어요."

"다만 속도가 비트에 어울리지 않습니다. 비트에 어울리는 속도를 찾거나 더 박자를 가지고 놀 수 있다면 좋을 것 같네요."

정호가 심사위원들의 평가를 들으며 고개를 끄덕였다.

'음…… 성격만 좋은 게 아니라 랩도 제법 잘하는 편이군…….'

아직 1화의 방송분이 방영되지 않았기 때문에 정호는 여전히 프리다가 '조금 이상하지만 좋은 애'라고 생각하고 있었다.

다음 두 번째 팀의 공연도 순식간에 끝이 났다.

두 번째 팀의 공연은 별로 좋지 않았다.

'이번 낫프리티 랩스타 시즌4는 전체적으로 실력이 조금 하향된 느낌이다…….'

시즌3의 기준으로 본다면 앞선 공연에서 칭찬을 받은 프리다조차도 평범한 수준이었다.

더 엄격한 시즌1이나 시즌2의 기준이라면 프리다는 최하권의 실력에 불과했다.

심사위원들도 악평에 가까운 말들을 쏟아냈다.

낫프리티 랩스타다운 심사위원의 독설만큼은 이번 시즌

도 만만찮았다.

그리고 마침내 오서연과 데미, 그리고 자멜리로 이뤄진 팀의 공연이 시작됐다.

오서연 팀의 퀄리티는 인트로부터가 달랐다.

오서연이 랩도 아니라 그저 인트로만을 불렀을 뿐인데도 심사위원들이 술렁거렸다.

"톤 뭐야? 장난 아닌데?"

"와…… 수준이 다르네……."

인트로에 이은 데미의 첫 번째 벌스도 수준이 상당했다.

데미는 약간 어두운 느낌의 랩을 구사했는데 다채로운 언어를 라임으로 끌어온다기보다는 자신의 일상을 진정성 있게 녹아내는 게 매력이었다.

'뭐랄까…… 정념? 충동? 정열? 이런 것이 강렬하게 느껴지는군…… 파토스가 돋보이는 스타일이라고 하면 좋을까……?'

이어진 자멜리의 랩은 무난했다.

과도하게 튀지 않으려고 한다는 점이 상당히 좋았다.

하지만 듣기에 따라서는 벌스라기보다는 단순한 연결 고리처럼 들릴 수도 있는 수준이었다.

특히 오서연의 랩이 시작되자마자 그런 느낌이 강렬해졌다.

오서연은 그냥 수준이 달랐다.

가사를 가슴에 내리꽂는 듯한 깔끔한 톤도 일품이었지만, 적절한 속도로 안정감 있게 플로우를 구성하는 것도 완벽했다.

호흡도 훌륭해서 갑자기 속도를 높여 라임을 쏟아내는 부분까지 흔들림 없이 소화해 냈다.

심사위원들은 믿기지 않는다는 눈으로 오서연을 쳐다봤다.

"미쳤다…… 이 정도면 쇼 미 더 패닉도 씹어 먹겠는데……?"

오서연의 공연을 보다가 한 심사위원이 참지 못하고 이런 말까지 꺼냈다.

◇ ◆ ◇

오서연, 데미, 그리고 자멜리의 팀이 다른 팀들을 초전박살 내는 팀 배틀 라운드가 방송을 타면서 온라인상이 뜨겁게 달아올랐다.

낫프리티 랩스타 자체의 시청률은 그렇게 높지 않았지만 방송 직후의 무대 영상은 상당히 인기가 높은 편이었다.

[뭐지……? 오서연이 이렇게 랩을 잘했나……?]

[밀키웨이 멤버들은 진짜 누구 하나라도 실력이 없는 애가 없구나ㄷㄷㄷ]

[외모부터 실력까지 구멍ㄴㄴ]

[ㅋㅋㅋㅋㅋ오서연 지린다ㅋㅋㅋㅋㅋㅋ]

[솔직히 저 정도면 다이노도 바르지 않냐?ㅇㅇ]

[그래도 다이노가 쇼 미 더 패닉 우승자인데 오서연이 어떻게 발라ㅋㅋㅋㅋ 그냥 여자치고는 잘하는 거지ㅋㅋㅋㅋ]

[ㄴㄴ여자치고 그냥 잘하는 수준은 아닌 듯ㅋㅋㅋ 다이노랑은 직접 붙어봐야 알겠지만 웬만한 쇼 미 더 패닉 참가자는 전부 바를 듯ㅋㅋㅋㅋ]

[난 데미가 더 잘한 거 같은데?]

[데미는 호불호가 갈리죠ㅎㅎ 우리 서연 언니가 짱입니다ㅎㅎㅎ]

정호가 온라인상의 반응을 보면서 생각했다.

'반응이 괜찮은데? 그리고 변수라고 생각했던 데미는 생각보다 위협이 되질 않는 것 같군.'

비단 이것은 정호의 생각만이 아니었다.

그날 심사위원들도 만장일치로 데미가 아닌 오서연을 그날의 1위로 꼽았다.

'그래도 변수가 있다는 건 쉽게 넘어갈 일이 아니야.'

정호의 걱정은 '일 대 일 디스 배틀'로 현실이 됐다.

일 대 일 디스 배틀에서 오서연은 피해야 할 1순위의 대결 상대였다.

언제든 오서연을 이길 수 있을 것같이 장담했던 프리다조차도 오서연을 피해 다른 사람을 지목할 정도였다.

싸이니가 자멜리를 지목한 프리다에게 물었다.

"저번 방송을 보니깐 오서연 양을 찍어누를 수 있는 것처럼 말하던데 왜 자멜리 양을 뽑았나요?"

"실제로 만나 보니깐 서연 언니는 진짜 좋은 사람이에요. 실력도 좋고요. 서연 언니랑은 제대로 된 무대에서 붙어보고 싶어요."

지금까지 방영된 낫프리티 랩스타의 모든 방송분을 모니터링한 정호가 프리다를 보면서 생각했다.

'열 길 물속은 알아도 한 길 사람의 속은 모른다더니...... 사전 인터뷰에서 프리다가 그런 말을 했을 줄이야......'

정호는 왠지 괘씸한 마음이 들었다.

하지만 정작 당사자인 오서연은 그 방송분을 보고 웃어넘겼다.

"낄낄낄."

"서연아, 너는 화도 안 나냐?"

"안 나요. 쟤가 저럴 줄 알았거든요."

"그래? 다행이네. 난 네가 화났다고 하면 술 한 잔할 수 있게 해주려고 했는데."

"......화나요. 프리다 죽여버릴 거야!"

"이미 늦었어."

프리다는 물론 오서연은 데미에게조차도 긴장감을 느끼지 않는 모양이었다.

변수의 등장으로 다소 긴장을 했던 정호와는 사뭇 다른 반응이었다.

'스스로의 실력에 대한 확신 때문인가? 뭐, 긴장을 하는 것보다는 낫겠지.'

정호가 생각에 빠져 있는 사이 꽤 많은 출연진이 자신의 대결 상대를 지목했다.

이제 데미의 차례였다.

데미가 남은 사람을 휘휘 돌아보다가 오서연을 보고 말했다.

"다행이다, 서연. 네가 남았구나."

"오, 데미. 나 뽑으려고?"

"흐흐. 당연하지. 나랑 붙을 사람이 너 말고 또 누가 있겠어."

"역시 그런가? 낄낄낄. 좋아."

정호는 자연스러우면서도 갑작스럽게 성사된 일 대 일 대결을 보고 경악했다.

'이게…… 뭐, 뭐야!'

정호의 걱정대로 변수는 여전히 작용하고 있었다.

오서연과 데미의 일 대 일 디스 배틀은 준비 과정부터가 순조로웠다.

다른 팀들이 비트 선정부터 서로 으르렁거리는 것에 비해 두 사람은 화기애애한 분위기에서 모든 것을 결정했다.

'다소 이상한 방식의 화기애애이긴 하지만.'

오서연과 나란히 앉아서 비트를 듣고 있던 데미가 입을 열었다.

"서연, 이걸로 할래? 이게 왠지 사람을 토막 낼 것 같은 느낌이라서 좋아."

"낄낄낄. 이게 그런 느낌이구나. 좋지, 넌 그럼 이 비트로 날 토막 낼 거야?"

"아마도."

"나도 좋은 방법을 찾아야겠다. 자르거나 찌르는 건 좀 약하겠지?"

"흐흐. 할복을 시키는 건 어떨까?"

정호가 두 사람의 준비 과정을 보면서 고개를 절레절레 저었다.

일 대 일 디스 대결의 날이 밝았다.

그날 촬영은 나쁘지 않았다.

각자의 팀들은 각자의 방식으로 서로를 무자비하게 비난했다.

신경전을 벌이는 방식도 엄청났다.

'저번 시즌의 레전드 영상을 쏟아낸 대결이라서 그런지 다들 준비를 훌륭히 해왔군…….'

특히 프리다와 자멜리가 서로를 죽일 듯이 깠다.

자멜리는 프리다의 애교를 '음식물 쓰레기통에서 생쥐

왕자가 기어 나올 듯한 섬뜩한 애교' 라고 표현하며 비난했고 프리다는 자멜리의 랩 실력을 '가슴이 펑펑해서 그런지 너는 데미와 오서연을 연결하는 쓸 만한 오작교' 라고 지칭했다.

정호는 그런 두 사람의 대결을 보면서 생각했다.

'꽤나 혈전인데……?'

하지만 오서연과 데미의 대결에 비하면 두 사람의 대결은 양반인 수준이었다.

데미는 무대에 오르자마자 아주 큰 소리로 시원하게 욕부터 했다.

오서연도 그에 질세라 입에 담기도 힘든 욕을 마구 뱉어냈다.

욕을 하는 빈도와 수위가 점점 높아지더니 도저히 방송용이 아닌 수준으로 치달았다.

정호는 두 사람의 대결을 지켜보다가 지끈거리는 이마를 부여잡았다.

'서연아…… 너 걸 그룹 멤버야…….'

두 사람의 대결은 결국 오서연의 승리로 끝이 났다.

데미도 잘했지만 호불호가 명확한 데미의 스타일은 확실히 한계가 있었다.

'다행이다……. 그래도 서연이가 이겨서……. 방송엔 나가지 않겠지만…….'

정호의 예상대로 방송에는 나가지 않았다.

하지만 방송 직후에 뜬 오서연과 데미의 대결 영상은 온라인상에서 굉장한 호평을 이끌어냈다.

여성 래퍼들이 이런 식의 가감 없는 폭격랩을 하는 걸 처음 본다는 반응이었다.

골수 힙합 팬들은 벌써 오서연과 데미의 대결 영상을 레전드 영상으로 분류하기도 했다.

'아무리 그래도 우리 서연이는 걸 그룹인데 이런 반응이라고?'

전혀 예상치 못한 반응에 정호가 놀랐다.

하지만 잠시 후 어떤 이유로 이런 반응이 나왔는지 이해됐다.

'하긴 서연이를 보고 여성스러울 거라고 생각하는 사람은 없었겠지…….'

스파이더맨이 사람을 죽이면 사람들은 충격을 받지만 데드풀이 사람을 죽이면 아무도 크게 동요하지 않았다.

그런 이치였다.

밀키웨이의 다른 멤버들이 스파이더맨이라면 오서연은 데드풀 같은 존재였다.

아무리 보통의 걸 그룹답지 않은 행동을 해도 오서연이라면 허용되는 지점이 있다는 뜻이었다.

'이걸 좋다고 해야 할지…… 나쁘다고 해야 할지…….'

정호는 이런 생각을 하면서 시청자의 반응을 살펴보기

위해 스크롤을 더 내렸다.

그리고 그곳에는 정호가 예상하지 못한 또 다른 반응들이 모여 있었다.

[ㅋㅋㅋㅋㅋ오서연이랑 데미가 랩 하는 거 너무 웃기더라ㅋㅋㅋㅋㅋ]

[ㅇㅇ두 사람 케미 오지는 듯ㅋㅋㅋㅋ]

[나는 왜 자꾸 데미가 오서연을 따라다니는 것 같은 느낌이지?ㅋㅋㅋ 왠지 그런 느낌ㅋㅋㅋ]

[ㄴ맞음ㅋㅋㅋ 팀 배틀 라운드도 그렇고 일 대 일 디스 대결도 그렇고 계속 두 사람이 같은 편이었음ㅋㅋㅋㅋ]

[내 친구가 미방송분 공연 다녀왔는데ㅋㅋㅋ 거기서도 오서연이랑 데미가 또 경연한다더라ㅋㅋㅋㅋ]

[뭐지? 데미가 진짜 오서연 따라다니나?]

[완전 저주다ㅋㅋㅋㅋ 저주ㅋㅋㅋ 계속 따라다니면서 레전드 영상을 계속 만들어라!ㅋㅋㅋㅋ]

[저주래ㅋㅋㅋ 이건 무슨 저주지? 데미 저주?]

[데미 저주ㅋㅋㅋㅋㅋㅋㅋㅋㅋ]

정호가 불안하게 생각했던 변수가 이상하게 작용하기 시작했다.

어느새 '데미 저주'는 낫프리티 랩스타를 시청하는 중요한 포인트로 자리를 잡고 있었다.

11장. 우승은 누구?

어느새 시청자들 사이에서 '데미 저주'로 불리게 된 오서연과 데미의 인연은 끈질겼다.

정호는 데미만 떠올리면 자신도 모르게 절레절레 고개를 저을 정도였다.

'심력 소모가 굉장히 크군……. 뭔가를 뽑기만 하면 두 사람이 팀이 되거나 두 사람이 붙고 있으니 이거야, 원…….'

충동적인 면도 없지 않았지만 정호는 기본적으로 머리로 생각한 뒤 움직이는 사람이었다.

그런 까닭에 계획하지 않은 변수가 계속되면 정호는 심적으로 자잘한 타격을 받았다.

'휴…… 그나마 이제 낫프리티 랩스타도 촬영이 막바지라는 게 다행인가…….'

이전의 시간에서 데미를 만난 적이 없었다는 게 이상할 정도로 오서연과 데미의 인연은 정말 질겼다.

우선 두 사람은 이 대 이 디스 배틀에서는 한 팀으로 움직였다.

이 대 이 디스 배틀에서 오서연과 데미는 환상적인 호흡으로 모든 팀을 제치고 5번 트랙을 가져갔다.

물론 낫프리티 랩스타에 영원한 한편은 없었다.

두 사람은 출연자의 투표로 우승자를 가리는 세미파이널의 진출을 두고 본선 경연에서 맞붙었다.

승자는 오서연, 패자는 데미였다.

하지만 데미가 패자 중에서 가장 높은 득표를 함으로써 세미파이널에 진출했고 방금 전 펼쳐진 세미파이널 본선 공연에서 두 사람은 또다시 한판 승부를 벌였다.

'일 대 일 디스 배틀까지 포함하면 총 네 번을 싸운 건가? 함께 뭔가를 한 건 총 다섯 번이고?'

정호는 속으로 이런 생각하며 세미파이널 본선 무대가 펼쳐졌던 촬영장을 올려다봤다.

이변 없이 데미를 비롯한 모든 출연자를 꺾고 세미파이널의 우승을 거머쥔 오서연이 마이크를 들고 소감을 말했다.

"낄낄낄, 내가 우승이다! 술잔을 가득 채워라!"

◇ ◆ ◇

최종 우승을 가리는 마지막 경연이 남아 있었지만 낫프리티 랩스타 시청자들은 큰 긴장감을 느끼지 못했다.

지금까지의 방송을 지켜보며 시청자들은 이런 확신에 차 있었다.

'어차피 우승은 오서연!'

시청자들뿐만이 아니었다.

낫프리티 랩스타를 거쳐 간 수십 명의 심사위원과 출연자들조차도 오서연의 우승을 점쳤다.

그럴 수밖에 없는 압도적인 퍼포먼스를 오서연이 보여줘 왔기 때문이었다.

'여러 차례의 대결로 가장 큰 위협이었던 데미와의 실력 차이를 확실히 보여준 상태다……. 이제 정말 더 이상의 변수는 없어……. 오히려 너무 긴장감이 없어서 문제군……. 주 피디가 조금 골머리를 앓겠는걸……?'

한결 여유로워진 정호가 실실 웃으며 주 피디를 걱정했다.

낫프리티 랩스타의 회의실.

한 남자가 초조한 목소리로 말했다.

"이대로 괜찮겠어? 다들 정말 아이디어 없는 거야?"

그 남자는 다름 아닌 정호의 걱정을 한 몸에 받고 있는 주 피디였다.

주 피디의 말을 메인 작가가 받았다.

"아이디어는 무슨 아이디어예요. 방송 막판에 시청률 떨어지는 게 어디 하루 이틀 일이에요?"

사실 토너먼트 시스템을 갖추고 있는 대다수의 경연 프로그램은 마지막 순간에 가까울수록 시청률이 낮게 나오는 편이었다.

막판으로 갈수록 승부가 쉽게 예측되면서 화제성이 다소 빈약해졌기 때문이었다.

낫프리티 랩스타, 쇼 미 더 패닉 같은 각종 경연 프로그램만 그런 게 아니었다.

유럽 최대의 축구 대회라고 불리는 유럽축구대항전조차 결승전이 되면 종종 시청률이 떨어졌다.

이런 선례들이 메인 작가의 말을 증명했고 주 피디도 이런 통계를 알고 있었지만 그렇다고 그냥 있을 수 없는 상황이었다.

주 피디가 큰소리치듯 말했다.

"그렇다고 가만히 있을 거야? 지금 어떤 순간인지 몰라서 그래?"

워낙 시청률이 낮은 프로그램이라서 사람들은 알지 못했지만 최근 낫프리티 랩스타는 자체 최고 시청률을 갱신할 정도로 방영 이래 최대 전성기를 구사하고 있었다.

이게 모두 오서연의 효과였다.

최고의 실력을 보유한 여성 래퍼이자 최고의 인기를 구가하고 있는 걸 그룹 멤버의 출연이었다.

미미하지만 효과가 있을 수밖에 없었다.

메인 작가가 입을 삐죽거리면서 대꾸했다.

"알죠. 알아도 너무 잘 알죠. 거기다가 오서연을 졸졸 따라다니는 데미가 알아서 오서연 띄워주기를 하고 있으니 모르고 싶어도 알 수밖에 없죠."

주 피디가 의기양양하게 입을 열었다.

"그러니깐 방법을 찾아야 할 것 아니야, 방법을…… 가만 데미……?"

"데미가 왜요?"

"……그래. 그러면 되겠다!"

주 피디의 머릿속에 번쩍, 아이디어가 떠올랐다.

다음 날.

파이널 공연의 홍보 영상이 공개됐다.

'한 번 볼까?'

정호는 홍보 영상이 어떻게 빠졌는지 확인하기 위해 부장실 컴퓨터로 영상을 틀었다.

낫프리티 랩스타라는 커다란 로고와 함께 먼저 이번 대회 우승이 확실시되고 있는 오서연이 등장했다.

지금껏 활약했던 무대의 영상들이 스쳐 지나갔고 끝으로 짤막한 인터뷰가 나왔다.

"대회를 임하는 각오요? 그런 거 없어요. 저번에 세미파이널 우승했는데도 과장님이 술을 안 사줘서 짜증났을 뿐이에요. 세미파이널 우승은 진짜 우승이 아니래나 뭐래나……."

정호는 영상을 보면서 생각했다.

'약간 의도적으로 서연이에게서 건방진 느낌이 나도록 편집했군.'

보통 많이 사용하는 수법이었다.

사람들에게 약간의 반감을 주어서 '그래? 그럼 네가 진짜 우승하는지 한번 보자.' 라는 생각이 들게 만드는 것이었다.

'노력은 가상하다만, 겨우 이 정도로는 약한데?'

하지만 다음에 이어진 데미의 영상은 의외로 막강했다.

오서연과 마찬가지로 데미가 활약한 무대 영상들이 등장했다.

그러고는 데미의 인터뷰가 시작됐다.

오서연의 인터뷰보다는 더 본격적인 느낌이 드는 차분한 스튜디오에서의 인터뷰였다.

—세미파이널 우승자 오서연 양과의 관계가 특별하다고 들었는데?

"친구였어요. 어릴 때부터 자주 어울려 다녔죠."

—친구와의 잦은 대결이 불편하진 않았나?

"불편하긴요. 친한 사이이긴 하지만 그게 바로 제가 원하던 진짜 승부인걸요. 일 대 일 디스 배틀 때처럼 저한테 선택권이 주어졌어도 저는 몇 번이고 서연이를 선택했을 겁니다. 서연이는 꼭 이겨보고 싶은 친구예요."

—꼭 이겨보고 싶다는 얘기는 혹시?

"네, 예전부터 이겨본 적이 없다는 뜻입니다. 서연이는 정말 대단한 친구예요! 아주 꼬맹이 시절부터 제가 항상 도전했지만 언제나 졌어요. 하지만 이번에는 다릅니다. 죽을 각오로 이겨보겠습니다."

그렇게 데미의 인터뷰가 끝났고 '오서연 vs 데미'라는 자막이 뜨면서 홍보 영상이 마무리됐다.

정호는 예상치 못한 홍보 영상의 퀄리티에 살짝 놀랐다.

'이런 식으로 엮어냈다고?'

정호가 서둘러 스크롤을 내려 시청자의 반응을 살폈다.

[데미, 오서연 친구 실화냐?ㅋㅋㅋㅋㅋ]

[와ㅋㅋㅋ 어쩐지 둘이 엄청 붙어 다니는 느낌이었는데ㅋㅋㅋㅋㅋ]

[근데 일 대 일 디스 배틀 빼고는 전부 랜덤 투표 아니었냐?ㅋㅋㅋ]

[ㅇㅇ전부 랜덤이었음]

[랜덤인데 여러 번 붙은 것도 신기하다ㅋㅋㅋㅋ 숙명의 라이벌인가?ㅋㅋㅋㅋ]

[저주받은 라이벌이겠지ㅋㅋㅋㅋ]

[이번에는 ㄹㅇ저주인 듯ㅋㅋㅋ 영상에서 칼을 갈았다는

느낌이 든다ㅋㅋㅋ]

[그래도 우승은 오서연]

[아니, 이건 솔직히 혹시 모르는 거 아니냐?ㅋㅋㅋㅋ 맨날 졌다며?ㅋㅋㅋㅋ]

[확실히 이번에는 비장의 한 수가 있을 수도 있음ㅋㅋㅋ]

[그럴까? 하지만 그래도 우승 오서연]

[근데 친구인 거 알고 제작진이 일부러 지금까지 둘이 붙인 건가?ㅋㅋㅋㅋ]

[설마 주작?]

[주작설 작작 좀 해라ㅋㅋㅋ 무슨 모든 프로그램이 복면가수왕 같은 줄 아냐?ㅋㅋㅋ]

정호가 생각했던 것보다 반응은 뜨거웠다.

두 사람이 친구였다는 사실과 두 사람이 오랜 시간 라이벌이었다는 사실을 부각한 낫프리티 랩스타의 홍보는 성공적이었다.

'그렇게나 화제성을 추구하더니, 결국 주 피디가 크게 한 건을 했군.'

그럼에도 불구하고 정호는 전혀 긴장을 하지 않았다.

정호의 생각에 어차피 우승은 오서연이었다.

◇ ◆ ◇

마침내 파이널 공연이 시작됐다.

파이널 공연은 1차와 2차로 나뉘었다.

두 번의 공연의 투표 합산으로 승부를 가르는 방식이었다.

'어지간히도 투표 합산을 좋아하는군.'

정호가 그런 생각을 하고 있을 때 파이널 공연의 첫 번째 주인공이 무대에 올랐다.

1차 공연의 첫 번째 무대는 오서연이었다.

'나' 라는 주제로 꾸며질 이번 무대의 미션은 자기 자신을 대표하는 곡을 부르는 것이었다.

오서연은 밀키웨이 〈러닝〉 앨범에 수록된 자신의 솔로곡을 불렀다.

유명하진 않았지만 일부 팬들에게 호평을 이끌어낸 바 있는 곡이었다.

'좋아. 대단한 퍼포먼스가 있는 건 아니지만 평소처럼 완벽했어.'

오서연도 자신의 무대에 만족하는 모습이었다.

심사위원들의 반응 역시 비슷했다.

오서연다운 무대를 보여줬다는 찬사를 보내왔다.

이제 데미의 차례였다.

'시청자들에게 기대감을 많이 심어준 이 상황에서 어떤 노래를 부를 생각이냐, 데미.'

평소처럼 데미는 어두운 느낌의 인트로로 공연에 들어갔다.

데미다운 방식이었지만 한편으로는 데미답기 때문에 마이너스 요소가 될 만한 시작이었다.

'스타일에 호불호가 많이 갈리는 만큼 다른 모습을 보여줘야 서연이의 상대가 될 텐데.'

정호의 생각에 보답하듯 비트가 극적으로 변하면서 무대 뒤에서 누군가가 등장했다.

'설마! 다이노?'

정호의 생각대로였다.

무대 뒤에서 등장한 사람은 이번 시즌 쇼 미 더 패닉의 우승자 다이노였다.

다이노는 특유의 빠른 속도감을 마음껏 뽐내며 데미와 호흡을 맞췄다.

자연스럽게 다이노가 데미의 어두운 느낌을 경쾌하게 잡아주면서 전체적으로 공연의 밸런스가 좋아졌다.

'만만찮다.'

팔이 안으로 굽는 정호조차도 쉽게 오서연의 승리를 장담할 수 없는 분위기로 데미의 무대가 끝이 났다.

현장으로 공연을 보러 온 사람들도 정호와 같은 생각이었다.

도무지 한 사람의 승리를 장담할 수가 없었다.

모두가 한마음으로 숨을 죽인 채 투표 결과를 기다렸다.

'누구지? 누가 이겼지?'

투표 결과가 공개됐다.

이상하게만 작용하던 변수가 드디어 제대로 움직였다.

파이널 1차 공연의 승자는 근소한 차이로 데미였다. 이변이었다.

충격적인 파이널 1차 공연의 다음 날.

바로 파이널 2차 공연이 있었다.

파이널 2차 공연의 방식도 비슷했다.

주제가 조금 달라진 '자유'였지만 결국 파이널 1차 공연과 마찬가지로 자신에게 가장 잘 어울리는 곡을 고를 것이 뻔했기 때문에 방식은 완전 동일하다고 볼 수 있었다.

'흠…… 이대로 괜찮을까?'

이번에는 데미가 먼저 무대에 올랐다.

이번 공연에서도 데미는 파이널 1차 공연과 같은 방식으로 무대를 꾸몄다.

자신의 느낌을 최대한 살리면서도 피처링을 활용하여 공연의 질을 높이는 방식이었다.

이번에는 다이노를 비롯한 또 한 명의 남자 래퍼가 등장했다.

훅까지 멋지게 처리할 수 있는 그 남자 래퍼의 등장으로 무대의 질은 한층 높아졌다.

'훌륭하군. 이래서 내가 피처링을 쓰자고 한 거였는데.'

파이널 1차 공연 직후 정호는 오서연에게 한 가지 제안을 했다.

데미처럼 피처링을 써서 다양성을 노리자는 제안이었다.

확실히 오서연의 실력은 압도적으로 대단했지만 혼자서 짧은 기간에 너무나도 많은 공연을 소화했다.

시청자 입장에서는 오서연이 언제나 같은 모습을 보여준다고 착각할 수도 있을 만했다.

정호의 제안을 듣고 오서연도 고민하는 듯했다.

하지만 오서연은 확고한 태도로 자신의 의사를 밝혔다.

"그렇게 우승하면요? 술은 피처링을 해준 사람이랑 나눠 먹어야 하는 거예요?"

장난기 넘치는 대답이었지만 정호는 오서연이 하고 싶은 말이 무엇인지 알아들었다.

그리고 지금, 오서연은 다시 홀로 무대에 올랐다.

어둠이 내리깔린 오서연의 무대에는 여러 사람의 실루엣이 보였다.

그 실루엣을 보자마자 사람들은 생각했다.

'오서연도 피처링을 쓰는구나!'

하지만 착각이었다.

오서연의 인트로와 함께 무대가 완전히 밝아졌을 때 서른 명쯤의 남자들은 간단한 동작의 춤만 추고 무대에서 내려왔다.

그랬다.

그들은 피처링이 아니라 댄서였다.

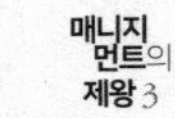

그리고 사람들은 알 수 있었다.

오서연이 피처링으로 자신을 꺾으려 했던 데미를 향해 경고를 보낸다는 것을.

정호는 데미를 향한 오서연의 디스 랩을 들으며 생각했다.

'전체적으로 이번 시즌의 수준은 낮았지만 데미라는 변수의 등장으로 이전의 시간보다 난이도가 높아진 경연이었다. 그러나 우승보다 중요한 것은 서연이가 이번 경연을 통해 힙합이라는 아이덴티티를 확고하게 쌓았다는 사실이야.'

이전의 시간에서 오서연은 압도적인 실력으로 우승을 하며 유명세를 얻었지만 힙합이라는 아이덴티티를 잃고 스스로 연예계를 떠나고 말았다.

연예계를 떠나게 된 데에는 다른 복잡한 사정이 결부되어 있긴 했다.

하지만 만약 힙합에 대한 확고한 아이덴티티가 있었다면 오서연은 그처럼 쉽게 무너지지 않았을 것이다.

'그래. 그렇게 마음껏 하고 싶은 말을 쏟아내라. 그럴 수 있는 사람만이 스스로를 사랑할 수 있으니깐.'

마음껏 자신의 실력을 선보인 오서연이 무대를 끝나고 내려왔다.

하지만 환호성은 없었다.

오히려 공연장에는 잠시간 정적이 내려앉았다.

그만큼 파격적인 무대였다.

어느 누구도 '자유' 주제의 공연에서 디스 랩을 할 거라고 생각하지 못했기 때문이었다.

잠시간의 정적을 뚫고 뒤늦게 환호성이 울렸다.

그것은 지금까지의 모든 공연을 합친 것보다도 더 큰 환호성이었다.

데미조차도 오서연에게 박수를 보냈다.

아직 투표 결과를 보지 않았다.

하지만 지금 이 순간 모든 사람들이 우승자로 같은 사람을 예측했다.

우승은 누가 뭐래도 오서연이었다.

12장. 한번 해볼래요?

낫프리티 랩스타의 최종 우승 이후 오서연의 주가는 빠르게 높아졌다.

그럴 수밖에 없었다.

실력과 화제성을 동시에 겸비한 여자 래퍼를 구하기란 생각보다 쉽지 않았기 때문이었다.

물론 낫프리티 랩스타가 시청률이 낮은 프로그램인 만큼 우승 이후 보통 사람들에게 오서연의 인지도가 급격하게 상승하는 일은 없었다.

하지만 오서연의 우승은 자연스럽게 다른 가수들의 인정으로 이어졌다.

특히 각종 음원의 피처링으로 오서연에게 도움을 구하는

일은 잦아졌다.

'서연이의 실력이 확실하게 인정받는 분위기군. 종종 유미래와 비견될 정도라니. 이 정도라면 앞으로 몇 년은 걱정이 없을 거야.'

물론 정호가 그리고 있는 그림은 더 크고 섬세했지만 아직 그 그림을 다 그려내기는 현실적으로 조금 어려웠다.

'그중에서도 오서연의 작곡 능력을 증명하는 일이 시급하겠군. 작곡을 하는 래퍼와 그렇지 않은 래퍼는 수입부터가 다른 게 현실이니깐.'

정호는 다음 밀키웨이 앨범부터 오서연이 직접 작곡한 솔로 곡을 더 적극적으로 삽입하기로 마음을 먹었다.

또 가능하다면 오서연의 솔로 앨범을 내는 것도 고려했다.

'많은 수익을 낼 수 있는 건 아니지만 그렇다고 서연이의 음악적 재능을 썩힐 수 없지. 솔로 앨범에 서연이의 곡을 최대한 많이 채워서 어느 정도 인기만 끌 수만 있다면 분명 서연이의 음악적 가치는 더 높아질 거다.'

이 모든 것을 고려할 수 있게 된 결정적인 계기는 역시 낫프르티 랩스타의 우승이었다.

오서연은 낫프리티 랩스타의 우승으로 탄탄한 미래를 위한 초석을 다진 셈이었다.

◇ ◆ ◇

오서연의 최종 우승 이틀 후.

신유나부터 오서연까지.

밀키웨이 멤버들의 홀로 서기를 위한 기초를 탄탄하게 다진 정호는 다른 곳으로 눈을 돌리기로 했다.

정호가 어디론가 전화를 걸었다.

"태준아, 어디냐?"

전화를 받은 상대는 황태준이었다.

"저, 먼저 약속 장소에 도착했습니다."

"응. 조금만 기다려. 나도 5분 후면 도착할 것 같아."

천장이 유난히 높은 신촌의 어느 카페에 도착한 정호는 황태준을 찾았다.

황태준은 안쪽에 먼저 자리를 잡고 앉아 있었다.

두 사람이 서로를 발견하고 인사를 했다.

"부장님, 여깁니다!"

"반갑다, 태준아. 잘 지냈지?"

주문한 커피가 나오고 본격적인 이야기를 시작했다.

각자의 일로 바쁜 두 사람이 단순히 안부를 교환하기 위해 이렇게 만난 것은 아니었다.

"보내준 대본 읽어봤어."

"어떻던가요?"

"전부 괜찮던데? 특히 나는……."

황태준의 퇴사 이후 정호는 황태준과 주기적으로 연락 주고받고 있었다.

미래의 일을 알고 있는 정호는 황태준의 영화제작사가 언젠가 성공할 거란 알았다.

그래서 가능하면 직접 도움을 줘서 그 시기를 앞당기고 황태준의 손에서 탄생하는 수많은 성공작들을 선점하고자 했다.

'작은 도움이 큰 작품이 되어 돌아오는 셈이지.'

그렇게 기회만 엿보던 어느 날 황태준이 도움을 요청했다.

"부장님, 제가 요즘 눈여겨보고 있는 시나리오가 몇 개 있는데 혹시 봐주실 수 있을까요? 왠지 부장님이 봐주시면 안심이 될 것 같아서요."

정호는 흔쾌히 대답했다.

"그래? 물론이지. 나한테 보내봐."

며칠 후, 우편으로 황태준이 보낸 원고들이 도착했다.

꼼꼼하게 읽을 필요도 없었다.

제목과 맨 앞장만 읽어도 정호는 성공할 작품을 알아볼 수 있었다.

그리고 정호는 숨겨진 보석을 발견했다.

'오! 이 작품이 벌써 이때 태준이의 손에 들어가 있었군. 대박인데?'

정호가 생각에서 빠져나오며 황태준에게 대답했다.

"특히 나는…… 〈더 블랙〉이 좋더라."

"〈더 블랙〉이라……. 〈더 블랙〉이 그랬군요……. 〈더 블랙〉이 좋군요……."

황태준이 〈더 블랙〉이라는 말을 몇 번이나 중얼거렸다.

정호의 작은 말 하나도 놓치지 않기 위해 노력하는 기색이었다.

황태준으로서는 어쩔 수 없었다.

정호는 청월에서 점쟁이 문어로 불릴 정도로 작품을 고르는 감각이 뛰어난 것으로 유명했다.

황태준도 이 사실을 잘 알고 있었고 이게 사실이라는 걸 가장 가까운 곳에서 지켜본 사람 중 하나였다.

그러다 보니 정호에게 이렇게까지 집중할 수밖에 없었다.

정호가 슬쩍 그런 황태준의 눈치를 살피며 입을 열었다.

"응. 〈더 블랙〉이 무척이나 좋다. 근데 아쉽게도 뭐랄까…… 남자 주인공 배역에는 캐스팅할 만한 배우들이 잔뜩 떠오르는데……."

슬쩍 던진 정호의 미끼를 황태준이 물었다.

"누군데요? 떠오르는 배우가 누구예요? 제가 캐스팅할 수 있을 만한 배우인가요?"

"뭐, 그렇지. 근데 여자 주인공 배역은 요즘 활동하는 배우는 중에서 쓸 만한 사람이 없는 것 같네."

"남자 배우 누군데요? 누가 좋아요?"

황태준이 다시 한 번 정호를 다급하게 보챘다.

정호는 그런 황태준을 슬쩍 보며 다시 뜸을 들였다.

"음…… 글쎄…… 태준아."

정호의 부름에 황태준이 눈을 초롱초롱 빛냈다.

거의 낚시가 끝이 났다는 뜻이었다.

"네, 말씀하세요."

"내가 〈더 블랙〉에 캐스팅할 말한 남자 배우 있잖아……."

"네네."

"누군지 알려주면 쓸 만한 신인 여자 배우 한 번 써볼래?"

도저히 거부할 수 없는 정호의 달콤한 제안이었다.

하수아의 예능 도전기 때만 해도 정호는 따로 시간을 낼 수 없을 정도로 바빴다.

총괄매니지먼트부 3팀이 완전히 자리를 잡지 못한 것도 있었지만 임식당이 주로 해외에서 촬영을 했기 때문에 더욱더 그랬다.

하지만 오서연의 낫프리티 랩스타 때는 상대적으로 여유가 있었다.

총괄매니지먼트부 3팀이 어느 정도 안정화된 상태였고

낫프리티 랩스타도 손이 많이 가는 프로그램이 아니었다.

오서연 개인의 능력을 최대한 발휘할 수 있도록 자잘한 도움만 주면 끝이었다.

그러다 보니 정호는 시간적으로 여유를 가지고 움직일 수 있었다.

특히 중요 인사들과 주로 미팅이 잡히는 점심시간과 저녁 시간을 제외하면 거의 모든 시간이 한가했다.

윤 대표나 정 이사는 이 시간을 적극적으로 활용하는 편이 아니었지만 정호는 달랐다.

점심시간과 저녁 시간을 피한 세 시부터 다섯 시, 그리고 아홉 시부터 열한 시에도 정호는 열심히 움직이며 다양한 정보를 모았다.

'남들보다 미래에 대한 정보를 많이 알고 있을 때 부지런히 움직여야 한다. 그러지 않으면 결국 진짜 미래에는 뒤처지고 말 거야.'

특히 데미의 등장은 정호에게 충격적이었다.

어떻게 보면 그건 대세에는 큰 영향을 끼치지 않는 사소한 변화였지만 정호의 알고 있는 미래가 어그러지고 있다는 걸 단적으로 보여주는 예시이기도 했다.

'시간이 지날수록 변수가 많아지면서 더 힘들어질 거야. 최대한 정보를 모아 기민하게 대처해야 해.'

이런 마음가짐으로 정호는 할 수 있는 모든 일을 아끼지 않고 했다.

시간을 쪼개서 방송국을 오가며 새로운 정보들을 습득했고 팀에 충원된 인원을 최대한 활용하기 위해서 강남, 홍대, 신사, 대학로 등을 분주히 움직이며 미래의 스타를 찾았다.

그렇게 몇 주가 흘렀다.

'정보는 그럭저럭 모이지만 인재 쪽은 성과가 거의 없군.'

이런 식의 방법은 확실히 구식이고 효율이 떨어졌다.

하지만 이 시기에는 이렇게 하는 것만이 최선이었다.

웬만한 인재는 전부 연습생으로 들어가 있는 시기였기 때문이었다.

'다른 소속사에서 열심히 연습을 하는 연습생을 빼오는 건 쉬운 일이 아니다. 그리고 자주 그런 짓을 해서 적을 만들 필요도 없고.'

이런 까닭에 어쩔 수 없이 발품을 파는 날이 계속됐다.

그러던 어느 날, 정호는 대학로에서 간절히 기다리던 인재를 발견했다.

정호는 최근 시간이 나는 대로 연극을 보고 있었다.

가수 쪽보다 배우 쪽의 스타 확보가 시급하다는 생각 때문이었다.

총괄매니지먼트부 3팀의 가수 쪽에는 밀키웨이라는 최고의 걸 그룹이 있었고 뿐만 아니라 황성우를 주축으로 새롭게 결성된 보이 그룹 '타이탄'이 저번 달에 데뷔하여 좋은 반응을 이끌어내고 있었다.

'밀키웨이 멤버이긴 하지만 솔로로 활동하는 멤버들은 한 사람의 가수로 봐야 한다. 그런 점에서 신유나도 빠질 수 없는 중요한 가수지. 동시에 오서연도 미래에 솔로로 활동할 가능성이 있는 인재다.'

이에 반해 총괄매니지먼트부 3팀의 배우 쪽은 다소 빈약했다.

강여운이라는 최고 수준의 카드가 있긴 했지만 그것뿐이었다.

뮤지컬계에서 성공적인 활동을 이어 나가고 있는 유미지도 있었다.

하지만 유미지는 앞으로도 계속 뮤지컬계에서 활동할 가능성이 높았다.

다시 말해서 총괄매니지먼트부 3팀에는 영화나 드라마에서 활약할 새로운 얼굴이 없다는 뜻이었다.

어쩔 수 없이 자연스럽게 정호의 관심사는 배우 영입 쪽으로 쏠렸고 다양한 방법으로 배우를 찾기 위해 노력하는 중이었다.

'오늘은 괜찮은 인재가 있으려나.'

오늘도 어김없이 정호는 일곱 시 미팅 전에 잠깐 짬을 내서 연극을 볼 생각이었다.

'괜찮은 인재가 있어야 할 텐데…….'

연극판에는 연기력이 좋은 배우들이 적지 않게 있었지만 아쉽게도 정호의 시선을 잡아끄는 수준의 배우들은 없었다.

스타가 된다는 건 단순히 연기력의 문제가 아니었다.

연기력도 중요했지만 연기력 이상의 어떤 매력이 그 사람에게 있어야 했다.

'인력이 넘쳐나는 상황이라면 조연급으로 성장할 배우들도 장기적으로 생각하고 데려올 수 있을 텐데…….'

정호가 가장 아쉽게 생각하는 부분이었다.

연극판을 돌아다니며 주연급은 아니지만 좋은 배우로 성장할 몇몇 인재들을 발견했던 정호였다.

하지만 정호는 선뜻 그들에게 손을 내밀 수가 없었다.

회사의 사정도 사정이지만 확실히 책임도 질 수 없는 그들을 데려와 헛된 희망을 심어주는 것부터가 잘못된 일이었다.

'안타깝지만 가까운 미래를 기약하는 수밖에.'

정호가 이런 생각을 하며 어느 구석진 소극장 앞에 섰다.

〈애월연가〉라는 사극풍 연극이 상연되는 대학로의 낡은 소극장이었다.

'오늘은 좋은 인재를 만날 수 있으면 좋겠는데…….'

정호는 표를 끊기 위해 매표소 앞에 섰다.

허술하게 만들어진 매표소 안에서 언뜻 직원의 실루엣이 보였다.

대학로에서는 그다지 특별한 광경도 아니었기에 정호는 별생각 없이 매표소에 대고 말을 했다.

"얼마죠?"

정호의 질문에 직원이 답했다.

"만이천 원입니다."

여자 목소리였다.

매표소를 지키고 있는 사람은 여직원인 모양이었다.

정호가 지갑을 열었다.

대학로의 구석진 소극장에서 연극을 하는 배우들의 처지를 정호도 잘 알고 있었다.

그들은 몇 달간 아르바이트를 해서 간신히 돈을 모아 그 돈으로 연극을 상연하는 사람들이었다.

그래서 정호는 약간이라도 그들을 돕는 심정으로 웬만하면 현금을 내는 편이었지만 때마침 지갑에 현금이 없었다.

"혹시…… 카드 되나요?"

"카, 카드요?"

정호의 질문 하나에 갑자기 매표소가 분주해졌다.

한참을 분주하게 매표소에서 움직이던 매표소 여직원이 졸지에는 매표소 밖으로 나왔다.

"이거 어쩌죠? 저희가 오늘 초연이라서 아직 카드 결제 준비하지 못했어요."

하지만 여직원의 얼굴을 마주한 정호의 귀에는 카드 결제에 대한 얘기가 들어오지 않았다.

정호는 여직원을 똑바로 쳐다보며 말했다.

"저기요. 혹시 배우 해볼 생각 없어요?"

뭔가에 홀린 듯 여직원의 얼굴에서 도저히 눈을 떼지 못하는 정호가 그렇게 묻고 있었다.

13장. 몰입

매표소 여직원과 따로 약속을 잡았다.

공연이 끝나면 근처 카페에서 같이 커피를 마시기로 했다.

"매표소도 지켜야 하고…… 저도 이 공연을 봐야 하거든요……."

"아, 그러시군요. 그럼 공연이 끝나고 뵙겠습니다."

그렇게 〈애월연가〉의 막이 올랐다.

하지만 정호는 공연에 도무지 집중할 수가 없었다.

현금을 찾기 위해 가까운 편의점으로 헐레벌떡 뛰어갔다가 오느라 땀이 나는 것도 있었지만 십 분 후 매표소를 정리하고 공연 관람을 시작한 매표소 여직원의 얼굴이 자꾸 눈에 밟혔기 때문이었다.

결국 정호는 공연에 집중을 못 하고 오 분에 한 번씩 매표소 여직원의 얼굴을 확인했다.

'확실하다. 확실해.'

정호가 기억하고 있는 것과는 느낌이 조금 달랐지만 도저히 잊을 수 없는 얼굴이었다.

'자세한 사정은 두고 봐야 알겠지만 지해른이 여기서 매표소 직원을 하고 있을 줄이야…….'

정호가 기억대로라면 매표소 여직원의 이름은 지해른이었다.

이전의 시간에서 한 시대를 풍미했던, 바로 그 배우 지해른.

'정말 대단했지.'

지해른은 평범한 듯하면서도 결점을 찾아볼 수 없는 외모와 모든 상황에서 조화를 이루는 뛰어난 발성이 일품인 배우였다.

하지만 지해른을 정말 대단한 배우로 만든 것은 좌중을 압도하는 연기력이었다.

앞서 나열한 외모나 발성은 결국 연기력이 받쳐 줄 때 매력으로 작용하는 요소들이었는데 지해른은 뛰어난 연기력을 선보이며 이 모든 것들을 매력을 바꿔 놓았다.

'너무나 연기력이 뛰어나기 때문에 연기력조차 매력으로 보이게 만드는 게 바로 지해른이었다.'

그런 생각을 하며 정호는 다시 힐끔 매표소 여직원이

쳐다봤다.

매표소 여직원은 연극에 몰입한 모양인지 정호의 시선에도 아랑곳하지 않았다.

그건 단순한 몰입이 아니었다.

오히려 다른 관객이 정호에게 불편함을 표시할 정도로 정호가 뚫어져라 쳐다봤음에도 불구하고 매표소 여직원은 무대 속으로 흘러들어갈 것 같은 엄청난 몰입을 보여주고 있었다.

정호는 불편함을 표시한 관객에게 고개를 숙여 사과를 하며 생각했다.

'역시…… 지해른이 분명해.'

정호가 생각하는 지해른의 최대 장점은 다름 아닌 몰입 능력이었다.

평소에는 다소 내성적으로 보일 정도로 조용하고 차분하게 앉아 있던 지해른은 카메라만 돌면 싹 돌변해서 엄청난 연기력을 쏟아내곤 했다.

프로라면 모두 카메라가 돌기 전과 후의 모습이 다르지만 지해른의 경우에는 단순히 다른 수준을 초월했다.

'어찌나 심한지 지해른에게 붙여진 별명이 몰입 귀신이었을 정도였지.'

실제로 어느 유명 감독은 카메라가 돌면 몸에 있던 귀신이 깨어나는 게 아니냐고 농담조로 말을 할 정도였다.

정호가 속으로 다짐했다.

'저 여자가 지해른이 맞다면 잡아야 한다! 무슨 수를 써서라도!'

정호는 결국 '몰입 귀신' 지해른에 대해서 생각하느라 막이 내려갈 때까지 〈애월연가〉에 몰입할 수 없었다.

◇ ◆ ◇

소극장 근처의 아담한 카페에 정호와 매표소 여직원이 마주 앉았다.

"다시 한 번 정식으로 제 소개를 하겠습니다. 저는 청월 엔터테인먼트의 오정호 부장이라고 합니다. 반갑습니다."

"안녕하세요, 저는 지해른이에요. 잘 부탁드립니다."

기다리던 대답이 돌아왔다.

'역시나…….'

눈앞의 매표소 여직원은 지해른이 맞았다.

'하지만 아직 안심하기는 이르다. 반드시 확인해 봐야 할 것이 있어.'

이전의 시간에서 사실 지해른은 코끼리팩토리의 배우였다.

코끼리팩토리의 매니저 중 하나가 대학로 연극의 마니아였는데 우연히 들어간 소극장에서 지해른을 발견하고 그 자리에서 전격적으로 캐스팅을 제안했다.

아직 연극판에 미련이 남아 있었던 것인지, 아니면 당시에는 규모가 크지 않던 코끼리팩토리를 믿지 못했던 것인지 지해른은 제안을 거절했지만 지해른의 연기력에 한눈에 반한 코끼리팩토리의 매니저가 끈질기게 구애한 덕에 끝내 지해른은 코끼리팩토리의 배우가 됐다.

'내 속을 가장 쓰리게 했던 일 중에 하나였지. 밤마다 너무 아까워서 지해른의 얼굴이 아른거렸을 정도였으니깐.'

워낙 인재에 대한 욕심이 많은 정호이기도 했지만 투자에 비해 생각보다 성장을 하지 못했던 코끼리팩토리가 지해른이라는 배우 하나로 큰 성장을 이룩했기 때문에 지해른이라는 배우가 더더욱 아까웠다.

'이번에는 어떨까? 지해른은 코끼리팩토리의 제안을 받았을까?'

정호는 긴장된 마음을 다스리며 물었다.

"아까는 실례했습니다. 딱 보는 순간 배우 같은 느낌이라서 꼭 저희 회사로 데려오고 싶었거든요. 근데 배우 맞죠? 설마 본업이 매표소 직원인 것은 아니겠죠?"

정호가 긴장된 마음을 감추기 위해 조금 더 밝은 톤으로 지해른에게 말했다.

이런 자리가 익숙하지 않은지 지해른이 다소 소극적인 태도로 대답했다.

"배우이긴 해요……. 청소부나 매표소 직원으로 더 자주 일하긴 하지만요……."

"네? 청소요?"

"아…… 제가 아직 극단에 들어온 지 얼마 되지 않았거든요. 막내라서 이것저것 잡일을 많이 하는 편이에요."

왠지 지해른의 대답에서 좋은 느낌을 받은 정호였다.

정호가 조금 더 깊이 파고들었다.

"그러시군요. 그럼 아직 무대에 오른 적은 없으신 건가요?"

정호의 질문에 이걸 대답해야 하나, 하고 지해른이 잠깐 망설이더니 말했다.

"이번…… 〈애월연가〉에서는 매표소 직원일 뿐이지만 저번 공연에 올라간 적 있어요. 〈10인의 사랑〉의 주인공 중에 하나로요……. 워낙 인기가 없어서 금방 극을 내렸지만……."

"오! 극단에 들어간 지 얼마 되지 않았는데 주인공이라니, 대단하네요."

지해른의 경계를 풀기 위해 정호가 일부러 더 과장된 말투로 말하자 지해른이 손을 내저으며 대답했다.

"단독 주인공은 아니에요……. 그냥 여러 주인공 중에 하나거든요……."

"주인공이 몇 명이었는데요?"

"열 명이요……. 여자 주인공은 다섯 명이고……."

지해른의 경계와 긴장은 살짝 풀린 듯했다.

하지만 경계와 긴장이 풀린 대신 열 명의 주인공 중 한 사람으로 무대에 올랐다는 말을 하면서는 조금 주눅이 든 것 같았다.

"그렇군요. 그래도 대단하네요. 어쨌든 주인공이잖아요."

"칭찬 감사합니다……."

약간 주눅이 든 지해른을 보며 정호는 꼭 하고 싶었던 질문을 마침내 꺼냈다.

"혹시나 해서 물어보는 건데 주인공이었으면 캐스팅 제의도 받아봤겠네요?"

정호의 질문에 지해른이 살짝 놀랐다.

"캐, 캐스팅이요? 아, 아뇨. 오늘 받아본 게 처음이에요……."

"그래요? 아, 정말 다행이다."

정호는 이번에도 의도적으로 자연스럽게 혼잣말을 했다.

"네?"

"혹시나 다른 분이 해른 씨에게 먼저 캐스팅을 제안했으면 어쩌나 걱정스러웠거든요."

정호의 말을 듣고 주눅이 들었던 지해른이 부끄러워하며 중얼거렸다.

"저, 저한테요? 저는 그냥 평범한 사람인데……."

정호가 지해른을 똑바로 바라보며 대답했다.

"평범하지 않아요. 아주 비범해 보여요. 첫눈에 봐도."

지해른은 부끄러운 듯 잠깐 침묵했다.

그러더니 잠시 후 조심스럽게 입을 열었다.

"근데요……."

"예, 왜요?"

"원래 캐스팅은 이렇게 얼굴만 보고도 이뤄지는 건가요?"

정호가 호탕하게 웃으며 지해른에게 캐스팅 제안을 한 이유를 자세하게 설명해 줬다.

"하하하. 제 캐스팅 제안이 단순히 얼굴만 보고 이뤄진 건 아니었어요. 잠깐 사이에 들은 해른 씨의 발성이나 행동 같은 것이 한눈에 딱 들어왔다고 해야 할까? 어쨌든 그랬거든요. 물론 얼굴도 제가 좋아하는 배우랑 비슷한 구석이 있었지만. 해른 씨도 알죠? 여도연? 가끔 닮았다는 소리를 듣지 않아요?"

"아…… 가끔이요…… 칭찬 감사합니다."

지해른은 갑자기 쏟아진 칭찬에 믿기지 않는 듯 고개를 숙이며 감사 인사를 전했다.

'음…… 확실히 이런 식으로 하는 건 좋지 않겠어. 청월로 와서 테스트를 받아 보라고 하는 게 좋겠어. 그 편이 더 믿음이 갈 거야.'

정호가 이런 생각을 하며 말했다.

"그럼 해른 씨. 저는 해른 씨가 무척이나 마음에 들어서 조심스럽게 제안을 드리는 건데요. 혹시 시간 가능할 때 저희 회사로 와서 테스트 한번 받아보지 않겠어요?"

◇ ◆ ◇

한 달하고도 보름 전.

지해른은 청월을 방문해 테스트를 받았고 호평과 함께 그 자리에서 계약을 마쳤다.

다행히 지해른은 연극판에 대한 미련 때문에 코끼리팩토리를 제안했던 게 아닌 모양이었다.

'확실히 그때 당시의 코끼리팩토리는 잘 알려지지 않았지.'

특히 코끼리팩토리는 지해른이 확보되기 전까지 배우 쪽이 굉장히 약했다.

'그러다 보니 지해른이 망설일 수밖에.'

하지만 지금은 전혀 상황이 달랐다.

현재까지만 놓고 봤을 때 청월은 코끼리팩토리와는 비교가 되지 않을 정도로 큰 회사였다.

게다가 청월은 강여운이라는 뛰어난 배우로 일반인들에게도 알음알음 이름이 퍼진 회사였다.

뿐만 아니라 부장의 직함을 달고 있는 정호의 신뢰도도 무시할 수가 없었다.

'순조롭게 계약이 잘 진행돼서 다행이야. 정말 좋은 배우를 얻었다.'

정호가 생각에 빠져 있을 때 민봉팔이 슬쩍 정호에게 다가와 말했다.

"와, 대박인데? 여운이랑은 또 다른 느낌이다."

정호가 고개를 끄덕였다.

확실히 두 사람은 핵심적인 부분에서 연기를 하는 방식 자체가 달랐다.

강여운은 연기를 위해서 생활부터 변화시키는 편이었다.

홍단비 역을 맡았던 기억 때문인지 배역과 실제 자신이 일치되는 게 연기하기 편한 듯 보였다.

반면에 지해른은 앞서 말했듯이 순간적인 몰입으로 배역에 빠져드는 스타일이었다.

그래서 생활 속 지해른과 배역 속 지해른은 완전히 별개의 인물처럼 느껴졌다.

두 사람 중 누가 더 낫다고 말할 수 없는 능력 있는 배우였다.

다만 상대적으로 봤을 때 강여운은 노력파에 가까웠고 지해른은 재능파에 가까웠다.

"너랑 만철이 밑으로 들어간 신입 사원 이름이 양지태였나?"

"응."

"그래. 지태 씨를 해른이한테 붙이는 게 좋겠다. 여운이를 따라다니면서 배운 게 있겠지."

민봉팔이 고개를 끄덕이며 대답했다.

"지태라면 믿을 만하지. 금방 배우더라고."

다시 정호와 황태준이 마주하고 있는 신촌의 어느 카페.

한 달하고도 보름 전 일을 떠올리며 정호가 생각했다.

'〈더 블랙〉은 퀄리티만 내 기억대로라면 지해른의 데뷔작으로 더할 나위 없이 좋다. 태준아, 어쩔 셈이냐?'

정호는 고민에 빠져 있는 황태준을 보챘다.

고민이 길어져 봐야 좋을 건 없었다.

"어쩔 거야? 내가 이번에 데려온 신인 여배우 한번 써볼래?"

황태준은 고민에서 벗어나며 대답했다.

"에…… 뭐, 좋아요. 부장님이 전부 생각이 있어서 제안하신 거겠죠……. 전 따라가겠습니다."

"그래, 그래. 잘 생각했어."

"다만……."

"다만?"

"그 신인 여배우의 연기를 제가 직접 확인해 보고 싶은데…… 혹시 가능할까요?"

14장. 오랜만에 오디션

정호는 흔쾌히 동의했다.

어차피 정호가 해줄 수 있는 일은 이 정도뿐이었다.

캐스팅은 감독의 고유 권한이었다.

"나야 지금 당장이라도 상관없지만, 너는 오늘 괜찮겠어? 감독도 같이 와야 할 거 아니야."

정호의 말에 황태준이 동의했다.

"네, 오늘은 무리일 것 같고 부장님한테 시나리오 드릴 때 염두에 둔 감독이 있었어요. 그분이랑 얘기가 잘되면 그때 제가 계약서 들고 찾아갈게요."

"그럴래? 그래 그럼."

그길로 두 사람은 헤어졌다.

안 그래도 바쁜 두 사람이 용건도 없이 카페에 하릴없이 앉아 있는 것은 시간 낭비일 뿐이었다.

2주가 지나고 황태준에게 연락이 왔다.

'아, 벌써 2주나 됐나?'

워낙 바쁜 정호였기 때문에 벌써 시간이 이렇게 지났다는 사실에 살짝 놀라며 정호가 전화를 받았다.

"부장님. 저번에 말씀해 주신 신인 여배우, 혹시 내일 볼 수 있을까요?"

"좋지. 난 내일 세 시부터 다섯 시까지 시간 가능한데, 몇 시에 올래?"

"세 시까지 찾아뵙겠습니다."

"그래, 내일 세 시에 봐."

다음 날, 세 시에 맞춰서 황태준이 웬 남자를 데리고 찾아왔다.

"안녕하세요, 부장님. 이쪽은 이번에 〈더 블랙〉의 연출을 맡아주실 광규태 감독님이에요."

황태준의 소개를 듣고 정호는 살짝 놀랐다.

'저 사람이 광규태구나. 이전의 시간에서도 〈더 블랙〉의 연출을 맡았던 감독이었지. 저렇게 생겼었군.'

덥수룩한 수염이 인상적인 사내였다.

얼굴도 꼭 동네의 친한 형이나 외삼촌 같은 느낌이었다.

정호가 사람 좋아 보이는 미소로 광 감독을 반겼다.

"반갑습니다. 청월 엔터테인먼트의 오정호 부장입니다."

두 사람은 간단히 인사를 나누고 바로 연습실로 향했다.

연습실에서 지해른은 트레이너에게 연기 레슨을 받고 있었다.

"해른아, 이쪽으로 와서 인사해라. 이쪽은 저번에 말했던 영화제작사 뉴 아트 필름의 황태준 대표님이고 또 이쪽은 이번에 〈더 블랙〉 연출을 맡아주실 광규태 감독님이야. 너도 〈용인의 밤〉 봤지?"

〈용인의 밤〉은 인간의 어두운 내면을 적나라하게 그려낸 광 감독의 대표작이었다.

"안녕하세요, 신인 배우 지해른입니다. 잘 부탁드립니다!"

지해른은 정호가 당부한 대로 밝고 경쾌하게 인사를 했다.

황태준과 광 감독도 지해른에게 인사를 했고 세 사람 사이에는 간단한 덕담이 오고갔다.

얘기가 늘어지지 않게 정호가 적절하게 끼어들며 말했다.

"자, 이제 우리 해른이의 연기를 한번 보실까요."

"좋죠."

황태준이 대답하며 가방에서 능숙하게 〈더 블랙〉의 같은 신이 프린트 된 대본들을 꺼냈다.

미리 광 감독과 상의하여 오디션 볼 부분을 정해온 모양이었다.

'매니저 시절에도 빠릿빠릿하더니, 여전하군.'

정호가 생각에 빠져 있는 사이 대본을 나눠주며 황태준이 말했다.

"신 39. 여주인공이 아버지의 사망 소식을 전해 듣고 충격을 받는 장면을 연기해 주세요. 준비가 되는 대로 시작하시면 됩니다. 대사를 외울 수 없다면 대본을 보고 연기를 해도 불이익은 없습니다."

황태준이 말했지만 지해른의 대답은 돌아오지 않았다.

어느새 대본에 몰입한 지해른이 같은 말을 되뇌며 신 39의 대사를 외우고 있었다.

광 감독은 그런 지해른을 흥미롭다는 듯 쳐다봤고 황태준은 정호를 향해 슬쩍 시선을 보냈다.

괜찮을 것 같냐는 물음이 담긴 시선이었다.

정호는 대답 대신 어깨를 으쓱, 들어올렸다.

한번 지켜보라는 의미의 제스처였다.

그리고 지해른이 대본을 탁, 소리가 나게 바닥에 내려놓고 예고도 없이 연기를 시작했다.

"……아, 아버지가요? 선생님……? 아버지가요……?"

어느새 극중 인물로 돌변해 버린 지해른의 눈에는 벌써 눈물이 고여 있었다.

감탄밖에 나오지 않는 몰입 능력이었다.

하지만 이게 다가 아니었다.

"그게…… 말이 돼요……? 그게 말이 되냐고요, 선생님! 아버지가 왜……? 아버지가 왜!"

그 짧은 시간에 모든 대사를 암기하고 극중 인물이 되기 위한 톤과 발성까지 완벽하게 잡아냈다는 것이 더욱 놀라웠다.

'역시 지해른은 지해른인가?'

지해른의 연기를 몇 번이나 본 적이 있는 정호도 새삼 놀랐다.

지해른의 연기가 그렇게 끝났다.

눈으로 보고도 믿기지 않는다는 듯 황태준이 정호를 향해 물었다.

"말도 안 돼……. 부장님이 미리 〈더 블랙〉의 대본을 숙지시킨 거 아닙니까?"

그럴 리가 없었다.

정호는 지해른의 능력을 믿었다.

정호가 대답했다.

"숙지시켰으면? 숙지시킨다고 이런 연기력이 나올까?"

"그야 그렇지만……."

오디션마다 다르지만 보통의 오디션은 대본을 미리 숙지하게 하는 경우가 더 많았다.

정호는 그 부분을 지적한 것이었다.

게다가 대본을 미리 숙지했다는 가정을 하고 봐도 지해른의 연기에 대한 평가는 달라지지 않았다.

지해른의 연기는 그 정도로 대단했다.

황태준이 마지막 발악을 하는 사람처럼 말했다.

"그래도…… 저희가 원하던 오디션은 이런 방식이 아니었는데……."

옆에 앉아 있던 과묵한 광 감독도 다소 곤란하다는 표정을 짓고 있었다.

정호가 그 모습을 보며 미소 지었다.

"걱정 마. 해른이는 〈더 블랙〉의 대본을 지금 처음 받아보는 거거든."

황태준이 소리치듯 반문했다.

"그게 정말이에요?"

광 감독의 덥수룩한 수염 위 두 눈도 놀란 듯 동그래졌다.

정호가 웃음기 가득한 목소리로 순순히 대답했다.

"그럼 정말이지. 믿기지 않으면 다른 대본으로 한 번 더 오디션을 보든가. 괜찮지, 해른아?"

배역에서 순식간에 빠져 나와 다시 본인으로 돌아온 지해른이 약간 수줍어하며 고개를 끄덕였다.

경악에 찬 두 사람의 반응이 부끄러운 모양이었다.

황태준이 서둘러 자신의 가방에서 새로운 대본을 꺼냈다.

빨갛고 파란 밑줄이 그어진 게 최근에 검토하고 있는 다른 시나리오 작가의 대본인 모양이었다.

"이 대본은 작가와 저 말고는 아무도 읽어본 적이 없는 거예요. 신 3. 어두운 골목에서 우연히 주인공을 마주친 여주인공의 연기 부탁드립니다."

지해른의 대답은 이번에도 돌아오지 않았다.

아까와 마찬가지로 지해른은 대본에 몰입하여 벌써 대사를 중얼거리며 외우고 있었다.

황태준과 광 감독은 그런 지해른을 면밀히 관찰했다.

그리고 벌써 준비가 끝난 듯 지해른이 대본을 내려놓고 연기를 시작했다.

"아, 깜짝이야. 왜 거기서 나오냐?"

지해른이 첫 대사를 치자마자 황태준과 광 감독의 엉덩이가 들썩였다.

놀랄 수밖에 없는 상황이었다.

지해른은 방금 전 슬픔에 잠겨 있던 〈더 블랙〉의 극중 인물과 전혀 다른 인물이 되어 있었기 때문이었다.

지해른의 연기는 계속됐다.

"너 근데 표정이 왜 그래? 실수로 사람이라도 죽인 표정인데?"

돌아오는 대사가 없는데도 지해른은 자연스럽게 연기를 이어 나갔다.

"설마 너…… 또 누굴 죽인 거야?"

시종일관 과묵하게 지해른의 연기를 지켜보던 광 감독이 자리를 박차고 일어나며 소리쳤다.

“오 마이 갓!”

◇ ◆ ◇

더 이상의 오디션은 필요하지 않았다.

지해른은 완벽한 두 번의 연기로 황태준과 광 감독의 마음을 완전히 사로잡았다.

특히 “오 마이 갓!” 하고 소리를 질렀던 광 감독은 방언이 터진 사람처럼 지해른에게 칭찬과 질문을 쏟아내기 시작했다.

“말도 안 돼요! 이런 연기력이라니! 지해른 양, 연기의 비결이 뭡니까? 어떻게 이런 연기력을 보여줄 수 있는 거죠? 〈더 블랙〉의 배역을 연기할 때는 무슨 생각을 했나요? 새로 대본을 받을 때는 어떤 기분이었나요? 정말 놀랍습니다! 정말 놀라워요! 신인 배우라고 그랬죠? 영화 쪽은 신인인 거 같지만 다른 곳에서는 연기를 해본 솜씨인 거 같은데, 어디죠? 어디서 지해른 양 같은 대단한 배우를 키운 거죠? 좀 알려주세요! 싫은가요? 아니면 비밀인가요?”

지해른은 광 감독의 칭찬과 질문이 부끄러운 동시에 부담스러운 듯 제대로 대답을 하지 못했다.

정호가 황태준에게 좀 말려보라는 눈빛을 보냈고 결국

황태준이 끼어들어 상황을 정리했다.

"감독님. 이럴 게 아니라 지해른 양이 마음에 드셨으면 놓치기 전에 계약부터 하셔야죠."

"아, 그렇군요. 정말 큰일이 날 뻔했습니다. 이런 배우를 이렇게 만나고도 놓친다면 저는 정말 땅을 치고 후회를 했을 거예요. 아주 중요한 부분을 잘 지적해 줬습니다, 황 대표. 얼른 계약을 하시죠? 계약서는 어딨나요? 누가 준비했죠? 황 대표? 아니면 오 부장님?"

광 감독의 수다에 기가 질린 정호는 광 감독이 보이지 않는 곳에서 몰래 고개를 절레절레 저었다.

그사이 황태준이 가방에서 계약서를 꺼냈다.

"계약서는 제가 미리 준비해 왔습니다."

정호가 그 모습을 지켜보다가 말했다.

"가방에서 뭐가 그렇게 자꾸 나오냐. 너 도라에몽이냐?"

그렇게 오디션부터 계약까지 순식간에 끝이 났다.

하지만 〈더 블랙〉의 본격적인 촬영이 시작되려면 아직 갈 길이 멀었다.

'자잘한 부분도 자잘한 부분이지만 우선 핵심적으로 좋은 투자처를 잡아야 할 테고, 이전의 시간에서 원래 〈더 블랙〉의 남자 주인공이었던 배우도 캐스팅을 해야겠지. 아마 태준이가 잘할 거다. 정 안 되면 내가 도우면 되는 일기도 하고.'

결국 정호가 당장 〈더 블랙〉의 건과 관련하여 할 일은 없었다.

〈더 블랙〉의 스탠바이까지 연기 레슨을 받으며 생활해야 하는 지해른도 담당 매니저가 케어할 예정이었다.

'좋아. 해른이 일은 이 정도로 마무리하고 이제 밀키웨이의 새 앨범 준비에 박차를 가하자.'

정호에게 여유는 사치였다.

밀키웨이의 새 앨범 준비에 대해서 생각하자마자 해야 할 일이 수십 가지나 떠올랐다.

'유현 씨가 어느 정도 새 앨범 작곡을 끝마쳤는지 확인부터 해야겠다. 이번 앨범에 들어갈 서연이의 신곡들도 정리할 필요가 있을 것 같군. 미리 결정된 새 앨범 타이틀곡 연습은 잘하고 있는 거겠지? 진모와 수영이가 별다른 특이사항을 보고하지 않은 거 보면 순조로운 것 같은데.'

확인해야 할 문제가 한두 가지가 아니었다.

밀키웨이에 대한 기대감이 높은 만큼 준비도 확실해야 했다.

하지만 이런 문제보다 앞서서 처리할 것이 있었다.

때마침 부장실 내선 전화기로 전화가 왔다.

따르릉.

"네. 총괄매니지먼트부 3팀장 오정호입니다."

전화기 너머로 오랜만에 반가운 목소리가 건너왔다.

"정호야, 난데."

이전 총괄매니지먼트부 3팀장이었던 정 이사였다.

"네, 이사님."

"너라면 당연히 잘하겠지만 혹시나 해서 전화했다. 너 이번 아시아 투어 준비 어떻게 돼 가냐?"

정호가 우선적으로 처리할 문제는 바로 밀키웨이의 아시아 투어였다.

아시아가 밀키웨이를 기다리고 있었다.

15장. 글로벌 차일드

홍대의 작업실.

한유현이 음악을 끄며 정호에게 물었다.

"어떻습니까?"

"괜찮은데요? 아주 좋아요."

이번에도 한유현이 넘긴 곡들은 전부 훌륭했다.

'최근에 많이 바빠져서 약간 걱정을 했는데, 역시 한유현은 한유현이군.'

청월의 대표가 바뀌기 전까지 한유현은 여유롭게 곡 작업을 할 수 있었다.

그게 가능했던 것은 한유현의 성향 때문이었다.

이전의 시간에서 자신의 은인을 위해서만 곡을 만들었던

한유현이었다.

정호가 한사코 그러지 말고 재능을 마음껏 펼치라고 말했지만 이번에도 한유현은 은인을 위해서만 곡 작업을 했다.

그리고 이번의 시간에서 한유현의 은인은 바로 정호였다.

그러다 보니 윤 대표가 지금의 자리에 오르기 전까지 한유현은 총괄매니지먼트부 3팀을 위한 곡만을 만들었다.

그건 곧 밀키웨이의 앨범과 신유나의 앨범에 들어갈 곡만 만들었다는 뜻이었다.

'물론 내 부탁으로 복면가수왕에 출연한 신유나의 노래를 편곡하거나 워너비원의 타이틀곡 작업을 하긴 했지만 유현 씨의 작업량은 스타 작곡자치곤 확실히 적은 편이었지.'

하지만 최근에는 사정이 달라졌다.

우선 이번에 데뷔한 신규 보이 그룹인 타이탄의 곡 작업이 새로 추가됐다.

타이탄은 굉장히 좋은 반응을 이끌어내며 플럼의 음원 차트 상위권에 랭크가 됐다.

그건 다시 말해서 다음 앨범 발매 또한 확실시된다는 얘기였다.

한유현은 벌써 타이탄의 다음 앨범 타이틀곡 작업에 들어간 상태였다.

그뿐만 아니라 대표가 바뀌면서 청월은 팀 단위의 경쟁이 사라졌다.

윤 대표는 손 대표 시절의 보수적인 회사 문화를 바꾸기 위해 노력하는 중이었다.

그리고 그 과정에서 자연스럽게 강 부장이라는 괴물을 만들어냈던 팀 단위 경쟁을 철폐했다.

이제 총괄매니지먼트부 3팀의 곡만을 작업할 이유가 사라진 셈이었다.

그에 따라 한유현은 총괄매니지먼부 3팀의 곡만이 아닌 청월 전체의 곡 작업을 시작했다.

윤 대표가 정호에게 부탁했고 정호가 한유현에게 부탁했으며 한유현이 동의한 일이었다.

그렇게 한유현은 청월을 위해 적극적으로 활동을 하기 시작했고 이전의 시간에서도 그랬듯이 한유현의 곡은 발매가 되는 족족 대박을 냈다.

덕분에 한유현은 요즘 빠르게 상승하는 주가만큼이나 굉장히 바쁜 상황이었다.

정호가 생각에서 빠져 나와 정호의 자잘한 요구에 따라 곡을 수정하고 있는 한유현에게 물었다.

"얼마 전에 복면가수왕에서 출연 제의를 받았다면서요?"

곡 수정 작업에 눈을 떼지 않고 한유현이 대답했다.

"그랬지요."

"왜 거절하셨어요? 좋은 기회였을 텐데."

최근 복면가수왕은 박 피디를 자르고 새로운 피디를 배정하면서 다시 흐름을 타고 있었다.

특히 신선하고 실력 있는 얼굴들을 청중평가단으로 캐스팅하면서 호평을 받는 중이었다.

만약 복면가수왕에 출연했다면 한유현도 신선하고 실력 있는 작곡가로 평가받을 수 있었을 것이다.

한유현이 작업을 멈추고 고개를 들었다.

그러더니 씩 웃어 보이며 대답했다.

"아무리 그래도 복면가수왕이잖아요."

한유현의 입에서는 한유현다운 대답이 튀어 나왔다.

뒷말이 생략된 대답이었지만 정호는 뒷말이 뭔지 알 수 있었다.

생략된 뒷말은 정호를 괴롭혔던 복면가수왕에 어떻게 출연을 할 수 있겠냐는 문장이었다.

정호가 한유현을 보고 마주 웃었다.

한결같은 한유현의 태도는 정호가 한유현을 신뢰하는 결정적인 이유였다.

◇ ◆ ◇

이번 앨범에는 한유현의 곡만이 들어가는 게 아니었다.

당초 계획했던 대로 오서연의 곡을 적극적으로 삽입할 생각이었다.

정호는 오전, 오후 연습을 끝마치고 밀키웨이 멤버들이 쉬고 있을 숙소로 향했다.

띵동.

정호가 벨을 누르자 현관문 너머로 하수아의 목소리가 들려왔다.

"누구냐? 암호를 대라."

"얼른 문이나 열어."

"에이~ 재미없게……."

하수아가 문을 열고 나왔다.

"오셨어요?"

"응. 다른 애들은?"

"죽지 않고 안쪽에서 살아 숨쉬고 있어요."

"다행이네."

밀키웨이 멤버들은 평소와 같은 모습으로 거실에 모여서 티비를 보고 있었다.

신유나는 한쪽 귀에 이어폰은 꽂은 티비를 보는 둥 마는 둥 하며 노래를 흥얼거렸고 유미지는 차분하게 앉아서 티비에 집중하고 있었다.

'전부 있…… 응?'

한 사람이 부족했다.

평소라면 맥주 캔을 손에 쥐고 "낄낄낄." 하고 웃고 있을 오서연이 보이지 않았다.

"서연이는?"

정호의 물음에 하수아가 답했다.

"오자마자 샤워하고 계속 방에만 있던데요?"

신유나가 끼어들었다.

"곡을 쓰는 같아요. 비트 찍는 소리가 들리더라고요."

유미지도 뭔가가 떠오른 듯 말했다.

"아, 맞아. 아까 오늘 적어도 두 곡은 마무리할 거라고 했어요."

"그래?"

정호가 대답을 하며 방 안을 들여다볼까 하다가 말았다.

보챈다고 곡이 일찍 써질 리가 없었다.

정호는 밀키웨이 멤버들과 같이 거실에 앉아서 티비를 봤다.

티비에서는 최근 하수아가 시간을 내서 출연한 행복투게더3가 나오고 있었다.

하수아가 호들갑을 떨었다.

"오오. 나온다, 나와. 오늘도 하수아 님의 활약을 기대하시라~ 근데 뭐야? 볼이 왜 저렇게 빵빵하게 나왔어? 이건 악마의 편집이 분명하닷!"

"평소랑 똑같은데요?"

"시끄럽다, 퍼피! 개껌이나 먹어랏!"

하수아가 또 이상한 콘셉트로 개그를 치고 있을 때 행복투게더3에서는 하수아의 열띤 활약이 이어졌다.

그렇게 행복투게더3가 끝나고 이어서 심야 영화까지

한 편 봤다.

그때까지 어찌나 집중을 한 건지 오서연은 방 밖으로 한 발자국도 나오지 않았다.

하수아가 경악스럽다는 듯 말했다.

"이렇게까지 방 밖으로 나오지 않다니……. 저러다 변비에 걸리는 거 아니야?"

하수아의 또 다른 헛소리를 듣고 유미지가 화들짝 놀랐다.

"어머! 정말 그렇다면 큰일인데……. 명색이 아이돌인데 변비라니……."

신유나가 한숨을 쉬며 말했다.

"휴~ 정말 저런다고 변비에 걸리겠어요."

정호는 그런 밀키웨이 멤버들을 귀엽다는 듯 쳐다보다가 시간을 확인했다.

새벽 한 시였다.

"벌써 시간이 이렇게 됐네. 나는 가봐야겠다. 혹시 나중에 서연이 나오면 내가 왔다가 갔다고 전해줘."

"넵, 알겠슴돠!"

"너희도 내일 연습 있으니깐 일찍 자도록 하고."

아무리 친하다지만 밀키웨이 멤버들의 숙소에서 자고 갈 수는 없는 일이었기 때문에 정호는 서둘러 집으로 돌아갔다.

그 모습을 지켜보다 유미지가 말했다.

"우리도 들어가서 자자."

정호가 떠나고 남은 멤버들도 각자의 방으로 들어가려고 했다.

신유나가 오서연과 같이 쓰는 방문을 열려고 할 때 유미지가 신유나를 불러 세웠다.

"유나야. 괜히 스트레스 받고 있는 서연이 신경 쓰이게 하지 말고 나랑 같이 자자."

신유나는 잠깐 자신의 방을 바라보다가 고개를 끄덕이고 유미지와 하수아를 따라 두 사람의 방으로 들어갔다.

불이 모두 꺼지고 시간이 흘러 새벽 4시가 됐다.

마침내 굳게 닫혀 있던 방의 문을 열고 오서연이 거실로 나왔다.

피곤에 절어 있는 얼굴로 오서연이 웃었다.

"……낄낄낄. 다 썼다……."

오서연이 새로 쓴 곡은 총 네 곡이었다.

곡은 전부 좋았다.

"놀라운 부분이 많네요. 센스가 느껴집니다."

한유현조차도 이렇게 말할 정도였다.

한유현의 칭찬에 기분이 좋은지 오서연이 웃었다.

"낄낄낄."

그런 오서연을 보며 정호가 생각했다.

'이걸로 새 앨범에 삽입될 노래까지 전부 정해졌군.'

새 앨범 준비는 어느 때보다 순조로웠다.

그럴 수밖에 없는 상황이었다.

이제 국내에서 밀키웨이를 방해할 장애물은 없었다.

'국내에서의 성공은 확실하다. 지금의 밀키웨이는 뭘 해도 성공할 때니깐. 문제는 다른 곳에 있지.'

정호의 생각대로였다.

이제는 성공을 하느냐 마느냐의 문제가 아니었다.

자존심과 퀄리티의 문제일 뿐이었다.

지금까지 밀키웨이가 보여준 행보에 걸맞은 앨범이 나와야 했다.

그건 정점에 오른 아이돌 그룹의 숙명이었다.

그리고 정호가 들어본 이번 앨범의 모든 곡은 역대 밀키웨이 멤버들의 곡 중에서도 단연 최고였다.

특히 한유현의 타이틀곡은 걸작 중에 걸작이었다.

'국내의 일은 걱정하지 말자. 시선을 돌려야 해.'

그랬다.

국내에 라이벌이 없다는 건 조금 더 큰 무대에 나설 절호의 기회라는 뜻이기도 했다.

'아시아 투어와 관련된 미팅이 다음 주였지?'

정호는 밀키웨이를 아시아 전체로 내보낼 생각이었다.

다음 주, 화요일.

미팅이 있었다.

정호가 고대하던 아시아 투어와 관련된 전체 미팅이었다.

이번 미팅에는 다양한 사람들이 모였다.

청월에 새로 개설된 해외사업부의 팀원들이 전부 참가했음은 물론이고 아시아 각 국의 파견 근무자를 비롯한 현재 청월의 실세인 정 이사, 윤 대표도 이 미팅에 참가했다.

정호는 이 사람들 앞에서 밀키웨이 아시아 투어 계획을 발표해야 했다.

'프레젠테이션이라…… 오랜만이군.'

청월은 회의 횟수가 적지 않은 편에 속했지만 프레젠테이션을 하는 경우는 거의 없었다.

프레젠테이션으로 소모되는 비효율적인 시간을 최대한 줄여서 높은 퀄리티의 회의를 하는 것이 청월에 정착된 사내 문화였다.

하지만 그렇다고 해서 프레젠테이션 자체가 아예 없는 것은 아니었다.

규모가 큰 회의나 미팅에서는 프레젠테이션을 하는 쪽이 더 효율적이었기 때문이었다.

후우, 하고 정호가 단 한 번의 심호흡으로 가볍게 긴장을 날려 보냈다.

그러고는 선단 위에 올라섰다.

"밀키웨이의 아시아 투어에 대한 프레젠테이션을 시작하겠습니다. 시작하기에 앞서 제 소개를 하겠습니다. 저는 청월 엔터테인먼트 총괄매니지먼트부 3팀의 팀장을 맡고 있는 오정호 부장이라고 합니다. 반갑습니다."

정호가 고개 숙여 인사를 하자 중요 인사들이 박수로 화답했다.

그렇게 프레젠테이션이 시작됐다.

정호는 아시아 투어의 필요성과 투어 국가의 선정 이유, 그리고 각 국마다 실시할 차별화 전략 등을 찬찬히 짚어 나갔다.

프리젠텐이션은 순조롭게 이어졌고 마침내 하이라이트라고 할 수 있는 새 앨범의 콘셉트이자 아시아 투어의 핵심 전략이 공개됐다.

"새 앨범의 콘셉트이자 아시아 투어의 핵심 전략은…… 글로벌 차일드입니다."

글로벌 차일드에 대한 설명을 들은 모든 중요 인사들은 눈을 동그랗게 떴다.

정호의 입에서는 놀랄 수밖에 없는 내용의 얘기가 확신에 찬 목소리로 흘러나오고 있었다.

◇ ◆ ◇

새 앨범 타이틀곡이 정해지기 전의 일이었다.

정호에게 타이틀곡의 콘셉트를 전해들은 한유현이 반문했다.

"그게…… 통할까요?"

한유현의 질문에 정호는 확신에 찬 목소리로 말했다.

"물론이죠. 반드시 통할 겁니다. 밀키웨이는 이번 앨범을 통해 '말해' 나 '강남애티튜드' 같은 전 국민을 넘어 전 세계인들이 따라 부를 수 있는 노래를 자신의 목소리로 불러낼 것입니다."

글로벌 차일드.

정호는 밀키웨이를 전 세계인의 사랑받는 아이들이자 아이돌로 만들 생각이었다.

16장. 예언

정호가 아무 생각 없이 무작정 이번 앨범의 콘셉트를 정한 것은 아니었다.

정호에게는 밀키웨이를 국민 아이돌로 자리 잡게 할 확실한 그림이 있었다.

'우선 한유현의 곡.'

한유현은 과거에도 '말해' 나 '강남애티튜드' 같은 국민가요급의 곡을 쓴 적이 있었다.

그 곡은 바로 한유현의 곡으로 일약 스타덤에 올랐던 슬로우 브리즈의 해체 전 마지막 곡이자 한유현의 생전 마지막 곡이었다.

'한유현은 이 곡을 끝으로 생을 마감했지. 사인은 아무도 알지 못한다. 의문사였으니깐.'

이전의 시간에서 한유현은 의문사로 짧은 생을 마감했지만 슬로우 브리즈는 이 곡으로 국민 아이돌의 명성을 얻었다.

하지만 한유현의 짧은 생만큼이나 국민 아이돌로서 슬로우 브리즈의 인기도 그리 오래가지 않았다.

국민 아이돌의 인기를 채 한 달도 누리지 못하고 슬로우 브리즈는 멤버 한 사람의 실수로 해체 수순을 밟았다.

'일명 물음표 미혼모 사건이었지, 아마? 문란한 밤 문화를 즐기던 멤버 하나가 아빠도 알지 못하는 아이를 임신하게 되는.'

이 사건으로 슬로우 브리즈는 해체를 하고 말았다.

뿐만 아니라 한유현에 이어 슬로우 브리즈까지 한꺼번에 잃은 제미제라 뮤직도 흔들리더니 결국 부도를 냈다.

'비극이었다. 제미제라 뮤직 대표의 자살은 비극의 방점이었고.'

물론 이건 이전의 시간에서 벌어진 일이었다.

이번만큼은 이런 비극이 펼쳐지지 않을 예정이었다.

'내가 모르는 곳에서 흥미로운 일이 벌어지고 있었어.'

정호는 작은 도움이라도 줄 요량으로 얼마 전 시간을 내서 한유현이 없는 제미제라 뮤직과 슬로우 브리즈의 근황을 알아봤다.

그러고는 상당히 놀랐다.

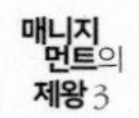

분명 성공하지 못할 거라고 생각했던 제미제라 뮤직은 한유현이 있었을 때처럼 고속 성장까지는 아니지만 분명 견실하게 성장하고 있는 중이었기 때문이었다.

또한 슬로우 브리즈도 제미제라 뮤직의 전폭적인 지원을 받아 꽤나 이름을 알리는 중이었다.

잠깐이지만 플럼 순위 차트의 상위권에 이름을 올린 적이 있을 정도였다.

'천재의 재능은 악마의 재능이라고도 불린다더니, 감당할 수 없다면 천재의 재능은 소유하지 않는 것이 더 낫다는 건가?'

정호의 생각대로였다.

역설적이게도 제미제라 뮤직과 슬로우 브리즈는 한유현을 만나지 않음으로써 각각 더 기초가 견실한 기업이, 더 기본기가 탄탄한 걸 그룹이 되어 가고 있었다.

정호의 도움이 따로 필요하지 않을 만큼.

'의존도라는 게 그래서 무서운 거겠지.'

속으로 제미제라 뮤직과 슬로우 브리즈에 관한 감상을 늘어놓던 정호는 다시 한유현의 곡에 대해서 생각했다.

'어쨌든 이전의 시간에서도 성공했던 한유현의 곡은 밀키웨이를 반드시 국민 아이돌로 만들어낼 것이다.'

벌써부터 마음이 든든했다.

한유현의 곡은 언제나 정호가 믿는 가장 확실한 카드 중 하나였다.

'두 번째는 밀키웨이가 지금까지 보여준 행보.'

밀키웨이는 노래, 춤, 외모까지 어느 것 하나도 빠지지 않는 명실상부 최고의 아이돌 그룹이었다.

하지만 그런 완벽함에도 불구하고 밀키웨이는 언제나 팬들에게 친숙한 이미지로 다가갔다.

뜻밖의 이벤트가 있었던 첫 번째 팬 사인회부터 지금까지 쭉 이어진 팬 문화가 그랬고 팬들에게 대화를 걸 듯 다가갔던 밀키웨이 TV나 〈러닝〉의 뮤직비디오의 콘셉트가 그랬다.

특히 밀키웨이가 일본에서 겪었던 사건이 국내에도 알음알음 퍼지면서 밀키웨이는 국민 아이돌이 되기 위한 모든 조건을 갖추게 됐다.

그뿐만이 아니었다.

'멤버들의 개인 활동도 빼놓을 수 없는 요소지.'

복면가수왕으로 실력을 인정받아 성공적으로 솔로 가수로 데뷔했던 신유나.

과거의 상처를 극복하고 최고의 뮤지컬 배우로 인정을 받아가고 있는 유미지.

여유를 즐길 줄 아는 아름다운 4차원 소녀의 이미지로 예능계의 블루칩이 된 하수아.

낫프리티 랩스타의 우승으로 대한민국 최고의 여자 래퍼임을 입증한 오서연.

밀키웨이 멤버들은 단 한 사람도 빠짐없이 적극적으로

개인 활동을 하고 있었다.

그리고 이러한 적극적인 개인 활동을 통해서 어느새 밀키웨이는 언제나 팬들에게 한 발자국이라도 더 친근하게 다가가려고 노력하는 걸 그룹이 되어 있었다.

다시 말해서 밀키웨이는 현재 세팅이 완벽하게 끝난 총과 같은 상태였다.

이제 국민 아이돌이라는 표적을 향해 총알을 발사만 하면 끝이었다.

'마지막으로 파급력.'

밀키웨이의 파급력은 정호로서도 예상하지 못한 부분이었다.

반응이 있을 거라고는 생각했지만 이 정도일지는 전혀 몰랐다.

무엇보다도 〈러닝〉의 여파가 생각보다 대단했다.

〈러닝〉의 뮤직비디오는 아시아 전역의 호응을 지속적으로 이끌어냈고 그 열기는 전혀 식을 줄을 몰랐다.

정식으로 활동을 하지 않았음에도 불구하고 아시아 팬들은 밀키웨이를 주목했다.

그리고 아시아 팬들의 주목은 단순히 음원을 찾아 듣는 것으로 끝나지 않았다.

아시아 팬들은 먼저 밀키웨이가 1집, 2집 앨범 시절에 출연했던 가요 프로그램과 예능 프로그램들을 모두 찾아서 봤다.

그러더니 최근에 방영된 프로그램을 보기 위해 인기 순으로 임식당, 복면가수왕, 낫프리티 랩스타의 자막을 자체적으로 만들어 유포를 하기도 했다.

'여기까지라면 일반적인 수준이다. 예전 같지는 않지만 한류라는 게 아직 존재하는 시대니깐.'

하지만 유미지의 뮤지컬을 보겠다고 한국말을 배워서 한국에 여행을 오는 사람들까지 생기는 걸 보며 정호는 놀라지 않을 수 없었다.

'이 정도의 인기라고?'

그러다 보니 정호도 마음을 고쳐먹을 수밖에 없었다.

'밀키웨이를 단순히 원더풀걸스 같은 국민 아이돌로 만드는 것으로는 충분하지 않다. 더 큰 그림을 그려야 해!'

실제로 국내에서 큰 열풍을 일으킨 곡은 해외에서도 좋은 반응을 불러 일으켰다.

현지화 전략이라는 것도 결국 기본적으로 이러한 반응이 있을 때나 가능한 것이었다.

'현재 밀키웨이는 엄청난 반응을 이끌어내고 있다. 아시아 최고의 아이돌로 만드는 게 꿈만이 아니야.'

미팅이 끝났다.

정호는 자신의 생각을 잘 정리한 흠잡을 데 없는 프레젠테이션으로 소신껏 의견을 피력했지만 반응은 각양각색이었다.

어떤 이들은 정호의 전략에 놀라움을 감추지 못했고 어떤 이들은 정호의 전략이 허황됐다며 속으로 손가락질을 했다.

특히 밀키웨이의 인지도가 가장 낮은 중국에서 온 파견 근무자의 반응이 격렬했다.

중국의 파견 근무자는 전체 미팅이 끝나자마자 윤 대표에게 다가가 따지듯이 말했다.

"이런 웃긴 얘기를 듣자고 비행기까지 타고 날아온 줄 아십니까?"

격렬하다 못해 꽤나 위협적인 제스처였다.

하지만 윤 대표는 중국에서 온 파견 근무자에게 오히려 당당하게 말했다.

"비행기 값이 아깝습니까? 그렇다면 저희 청월에서 비행기 값에 시간 값까지 쳐서 모든 금액을 부담해 드리기로 하죠. 하지만 잊지 마세요. 밀키웨이가 정말 아시아 전역의 아이들이자 아이돌이 되었을 때 당신네 회사는 아무런 덕도 보지 못할 것이라는 사실을."

한 회사의 대표다운 태도였다.

윤 대표가 강경하게 나오자 중국에서 온 파견 근무자는 아무 말도 못하고 씩씩거리다가 미팅장을 빠져 나갔다.

다른 파견 근무자들을 상대하며 그 모습을 멀찌감치 서서 지켜보고 있던 정호가 다른 파견 근무자들에게 양해를 구한 뒤 윤 대표에게 다가갔다.

윤 대표도 다가오는 정호를 발견했는지 반갑게 반겼다.

"오 부장! 오늘 미팅은 아주 좋았네. 누가 들어도 한눈에 반한 만할 내용이었어. 설득되지 않으면 이상할 정도였다고."

정호가 힐끔 중국에서 온 파견 근무자가 빠져 나간 문을 바라본 뒤 말했다.

"중국 쪽 사람들은 그렇지 않은 것 같던데요?"

"아, 봤는가? 신경 쓰지 말게. 원래부터 불만이 많아서 골치가 아프던 참이었네. 파트너십은 다른 회사랑 맺으면 되지. 그 문제는 우리의 정 이사가 알아서 해결해줄 거야."

윤 대표가 능글맞게 말하자 조금 떨어진 곳에서 임원진을 상대하고 있던 정 이사가 발끈했다.

귀를 이쪽으로 열어두고 있었던 모양이었다.

"또 접니까? 언제까지 절 부려 먹을 생각이세요?"

"정말 언제까지 그럴 건지 몰라서 묻는 건 아니지?"

윤 대표가 장난기 어린 말투로 말하자 포기했다는 듯 정 이사가 과장되게 한숨을 쉬며 말했다.

"에효…… 정호야, 너는 나처럼 살지 마라……."

"허허허. 정 이사, 이 친구. 이사 직함 달았다고 못하는 소리가 없어, 아주. 허허허."

정호는 그런 윤 대표와 정 이사를 보며 생각했다.

'믿어줄 거라는 생각했지만 이 정도로 신뢰를 받고 있을 줄은 몰랐군. 잘하자!'

다시 한 번 성공을 다짐하는 정호였다.

◇ ◆ ◇

마침내 밀키웨이의 새 앨범이 발매됐다.

그리고 정호가 미팅에서 내놓은 철저한 분석을 기반으로 한 향후 전망은 예언처럼 들어맞기 시작했다.

첫날.

밀키웨이의 이번 앨범의 타이틀곡인 〈차일드〉는 공개가 되자마자 큰 반향을 불러일으켰다.

음원 차트에 1위로 진입을 한 것이었다.

하지만 밀키웨이 정도의 걸 그룹에게 1위로 음원 차트 순위에 진입하는 일은 새삼 놀라운 일이 아니었다.

이번 신곡 〈차일드〉는 음원 차트 석권 이후의 행보가 심상치 않았다.

'밀키웨이? 또 신곡이 나왔나?'

'벌써 1위라니 대단하네. 한번 들어볼까?'

'아이돌 노래는 귀로 듣기는 별로인데…… 뮤직비디오 없나?'

'오오! 밀키웨이! 믿고 듣는 밀키웨이!'

골목길, 지하철역, 버스 안, 고속 도로 위 등등.

다양한 장소에서 다양한 생각을 가진 사람들이 무심코 밀키웨이의 신곡 〈차일드〉의 재생 버튼을 눌렀다.

그리고 잠시 후 자신도 모르게 〈차일드〉의 멜로디를 흥얼거리는 자신을 발견했다.

일종의 마법 같은 일이었다.

재생 버튼만 누르고 나면 '응? 이건……!' 하고 놀라고 〈차일드〉의 멜로디를 흥얼거리게 하는 그런 마법.

이번에도 한유현의 마법 같은 곡이 통했다.

다음 날.

신곡의 첫 무대 후, 반응은 더 뜨거워졌다.

신곡 〈차일드〉는 사람들의 입과 귀를 타고 모든 시간과 장소 속으로 흘러 들어갔다.

길거리마다 밀키웨이의 노래가 들려오지 않는 곳이 없을 정도였다.

정호는 인터넷 기사를 확인하며 생각했다.

'이쪽도 반응도 좋군.'

뿐만 아니라 언론도 밀키웨이의 행보에 긍정적인 평가를 내놓았다.

밀키웨이가 지금껏 쌓아올린 이미지의 대가였다.

친숙한 이미지는 긍정적인 평가를 불러왔고 다시 긍정적인 평가는 친숙한 이미지로 재생산됐다.

밀키웨이는 워낙 부정적인 여론이 없는 편이었다.

그러다 보니 기자 입장에서는 기사를 쓰기가 편했고 다양한 매체에서 다각도로 밀키웨이를 조명하기 시작했다.

입을 맞춘 것같이 밀키웨이를 칭찬하는 기사들이 분 단위로 빠르게 쌓였다.

정호는 그런 기사를 하나씩 살펴봤다.

한쪽에서는 밀키웨이를 중심으로 가요계 전반의 동향을 그려내는가 하면 다른 한쪽에서는 밀키웨이 멤버들의 행보를 신곡의 영향력에 비춰 세세하게 분석을 하고 있었다.

'좋은 추세다.'

모든 상황이 정호의 생각대로 움직이고 있었다.

이번에는 밀키웨이의 이미지가 불러들인 효과였다.

닷새가 지나고.

아시아 팬들에게도 밀키웨이의 신곡이 빠른 속도로 퍼져나갔다.

퍼져 나가는 속도가 이전과는 판이하게 달랐다.

그럴 수밖에 없었다.

국내의 음원 공개 하루 이틀 차이로 아시아의 대부분 국가에서도 밀키웨이의 앨범을 살 수 있게 청월에서 조치를 취했기 때문이었다.

적극적으로 정호를 지지해준 윤 대표와 정 이사 덕분에 가능해진 일이었다.

그 결과 국내에서의 반향이 아시아 전역에서도 그대로 재현됐다.

[밀키웨이라고? 이게 누구지?]

[말도 안 돼! 설마설마했더니 그 밀키웨이구나!]

[나도 놀랐어. 멋지기만 하던 밀키웨이가 이런 곡을 들고 나왔다고?]

[노래가 입에서 떨어지지 않아!]

[혹시 노래를 입에서 뗀 사람 있어?]

[나 3분 정도 뗐어. 전신 거울을 동원해서 4일 내내 찾다가 노래가 붙어 있는 곳을 마침내 발견했어.]

[하지만 소용없을걸. 다시 붙을 거야. 나도 다시 붙었거든.]

그렇게 놀라운 파급력으로 아시아 전체가 놀라고 있을 때 기사 하나가 터져 나왔다.

—밀키웨이, 아시아 투어 콘서트 확정! 시기는 다음 달 초.

예상치 못한 파급력에 방점을 찍는 소식이었다.

17장. 단독 기사

정호는 황태준의 뉴 아트 필름을 도우면서 한 가지 깨달은 바가 있었다.

'확실히 이제 슬슬 다양한 분야에 협조적인 관계를 구축할 필요가 있겠군.'

협조적인 관계.

과거의 정호라면 생각하지 않을 일이었다.

생각할 필요가 없었다.

정호에게 있어서 모든 관계란 약육강식의 논리가 예외 없이 작용하는 도구에 불과했다.

그런 까닭에 정호는 그때그때 필요한 경우에만 이런 관계를 끌어와 철저히 이용한 뒤 적절한 시기에 폐기 처분을 했다.

'하지만 이번에는 다르다. 서로를 신뢰하고 도울 수 있는 든든한 아군이 될 사람을 모으자.'

신뢰 포인트를 통해서 정호는 인간관계에 있어서 신뢰란 것이 얼마나 중요하게 작용하는지 확실히 깨닫고 있었다.

그렇기 때문에 이번에도 정호는 자신의 깨달음을 적극적으로 실천할 생각이었다.

'동등한 관계를 구축할 수 있는 사람을 찾아 서로에게 동등한 대가를 지불하는 것이 가장 좋겠지. 하지만 나는 미래를 알고 있다.'

뿐만 아니라 정호는 자신이 이전의 시간에서 저지른 잘못이 무엇인지도 잊지 않고 있었다.

정호는 언론과 직접적인 접촉을 할 생각이었다.

이전까지만 해도 홍보팀을 통해서 간접적으로 언론과 교류를 맺어 왔지만 그것만으로는 부족했다.

정호의 최종 목표라고 할 수 있는 한경수를 상대하기 위해서는 활용할 수 있는 카드란 카드는 모조리 사용할 필요가 있었다.

한경수는 모든 카드를 사용한다고 해도 상대하기가 만만찮은 존재였다.

'힘을 모을 수 있을 때 모아야 해. 그리고 지금이 힘을 모으기 딱 좋은 때다.'

이전까지만 해도 정호는 언론과 접촉할 만한 힘이 없었다.

언론과 접촉하기 위해 필요한 힘은 간단했다.

바로 정보였다.

하지만 정호에게는 이러한 정보가 없었다.

'강여운이 있긴 했지만 여러모로 걸리는 점이 많았지.'

우선 정호는 이전의 시간에서 강여운에 대해서 잘 알지 못했다.

이전의 시간에서 김교빈의 생일 파티 사건 이후 강여운은 빠르게 정호의 인생에서 사라졌고 다시는 나타나지 않았다.

정호가 씁쓸하게 웃으며 생각했다.

'쓸모없는 존재라고 생각하고 내가 신경을 두지 않은 것이지만.'

그러다 보니 강여운에 대한 정보를 푸는 것이 조금은 조심스러웠다.

잘못된 판단으로 강여운에게 불이익이 돌아갈 수도 있을 거라고 생각했다.

'안전성이 확보된 작은 정보를 풀 수도 있었지. 하지만 그것만으로는 모자랐다.'

언론에서 원하는 것은 안전하면서도 시시한 그런 정보가 아니었다.

확실히 검증된 파급력이 있는 정보였다.

'그런 점에서 강여운은 좋지 못했다. 무엇보다 강여운 하나로는 지속성 있게 언론과 접촉하는 것이 힘들었어.

이 바닥에서의 내 명성도 너무 작았고.'

결국 정호에게는 신뢰감을 줄 수 있는 본인 스스로의 명성과 강여운 외에도 정보를 제공할 수 있는 또 다른 패가 필요했다.

그리고 최근에 이르러서 정호는 그 두 가지를 모두 확보할 수 있었다.

'청월의 부장이라는 직함은 이 바닥에서 그렇게 작지만은 않지. 또한 나에게는 밀키웨이라는 기자라면 누구나 군침을 흘릴 만한 화젯거리가 있다.'

◇ ◆ ◇

언론과 접촉하기 위한 모든 조건을 갖췄지만 정호가 향한 곳은 흔히 주요 일간지로 분류되는 신문사가 아니었다.

정호는 디지털 투모로우라는 작은 인터넷 신문사로 향하고 있었다.

'힘과 권력은 결국 사람에게서 나온다. 사람이 아닌 힘과 권력을 좇으면 부작용일 생길 뿐.'

이전의 시간에서는 없었던 정호만의 새로운 소신이었다.

그리고 정호는 자신의 소신대로 정보를 믿고 맡길 사람이 누굴지 고민했다.

그러던 중 한 사람이 떠올랐다.

'예중태.'

이전의 시간에서도 디지털 투모로우라는 작은 신문사의 신입 기사로 활동했던 예중태는 이후 주요 일간지로 분류되는 신문사를 거쳐 영향력 있는 언론인으로 성장했다.

특히 제2의 손성환이라는 별명으로 불리며 언론의 최전선에서 가장 위험한 소식을 가장 신뢰도 높게 전달하는 것으로 유명한 사람이었다.

'하지만 한경수에 의해 제거됐지.'

운이 없었다.

예중태는 겉으로 드러난 한경수의 능력이 전부라고 생각했다.

확실히 한경수는 대기업의 손자라는 사실조차 겉으로 드러내지 않은 채 활동했다.

그러다 보니 예중태는 한경수의 힘과 권력이 단순히 대기업의 손자라는 사실에서만 나오고 있다고 착각했다.

'한경수의 배경을 알아냈을 때 예중태는 착각에 빠진 것이겠지. 숨겨진 정보 안에 또 다른 정보가 숨겨져 있다는 걸 아는 건 그만큼 쉽지 않은 일이니깐.'

하지만 한경수의 힘과 권력은 다른 곳에서도 나오고 있었고 그곳에서 나온 힘과 권력은 대기업의 손자라는 사실에서 나오는 것보다도 더욱더 난폭한 기질을 가지고 있었다.

'모든 정보를 손에 쥐고 싸웠다면 예중태가 그렇게 간단히 무너지지는 않았을 텐데. 그러나 나로서도 할 말이 없다.

예중태를 죽음으로 몰아넣은 일에는 나도 어느 정도 연류가 되어 있으니.'

직접적으로 예중태를 죽이지만 않았을 뿐이었다.

예중태가 한경수를 쫓는다는 것을 알게 된 정호는 한경수의 힘과 권력을 빌리기 위해 예중태의 행보를 한경수에게 전달했다.

'내가 한경수를 돕지 않았으면 예중태는 죽지 않았을까? 아니다. 지금의 와서는 의미 없는 가정이다.'

더 이상 예중태가 죽임을 당할 일은 없었다.

이번 시간에서 정호는 한경수가 아닌 예중태의 손을 잡기로 했다.

'설사 예중태가 내가 생각했던 것만큼 성장하지 않아도 좋다. 벌어지지 않을 일이지만 내게는 갚을 빚이 있어.'

◇ ◆ ◇

정호는 미리 연락해서 약속을 잡은 예중태와 디지털 투모로우 앞의 작은 카페에서 만남을 가졌다.

정호가 연신 냅킨으로 분주하게 자신의 땀을 닦고 있는 예중태에게 말했다.

"땀을 많이 흘리시네요. 어디 다녀오셨나요?"

더운 듯 손부채질까지 하던 예중태가 애써 웃음을 지으며 말했다.

“사실 지방 취재가 있다는 걸 깜박하고 이 약속을 잡았거든요. 시간 맞춰서 오느라고 혼났습니다, 하하하.”

예중태는 자신감이 넘치는 목소리로 말하고 있었지만 왠지 웃음에서 난감한 기색이 느껴지는 것은 어쩔 수 없었다.

‘확실히 예중태도 이때는 아직 신입다운 면이 있군.’

정호는 속으로 생각하며 말했다.

“제가 바쁜 분을 괜히 불러낸 것은 아닌가 걱정스럽네요.”

그러자 당황한 예중태가 손사래를 쳤다.

“아닙니다, 아니에요, 그럴 리가요. 부장님 같은 분이 저 같은 신입 연예부 기자를 만나줄 거라고는 사실 생각도 못 했습니다……. 너무 감사할 따름입니다…….”

정호는 피식, 실소가 튀어나올 뻔한 걸 간신히 참아냈다.

예상대로였다.

예중태는 아직 여물지 않은 상태였다.

프로 언론인이라면 누구에게도 함부로 스스로를 낮춰서는 안 됐다.

그건 언론인이 아닌 정호도 아닌 기본적인 상식이었다.

하지만 눈앞의 예중태는 그런 기초적인 생각도 못 하고 있었다.

‘신입 기자 예중태라. 도무지 제2의 손성희로 성장할 인물이라고는 상상할 수 없군.’

그렇다고 해서 정호가 예중태에게 실망한 것은 아니었다.

오히려 이런 예중태의 모습이 인간적으로 다가와 정호를 기쁘게 했다.

"그렇게 말씀해 주시다니 저야말로 감사합니다. 그럼 바쁜 분을 붙잡지 말고 본론으로 들어가는 게 좋겠군요. 제가 이렇게 예 기자님을 만나고자 청한 것은……."

며칠 후.

밀키웨이의 파급력에 방점을 찍을 단독 기사 하나가 아주 적절한 시기에 출고됐다.

—밀키웨이, 아시아 투어 콘서트 확정! 시기는 다음 달 초…… 예중태 기자.

다름 아닌 예중태의 단독 기사였다.

'조회수가 엄청난 속도로 늘어나고 있군.'

단순히 조회수가 늘어나는 것으로 끝나지 않았다.

예중태의 단독 기사를 주요 일간지에서 우라까이 하는 일도 벌어지고 있었다.

정호는 그런 모습을 쭉 지켜보며 그날 예중태와 있었던 일을 회상했다.

"그게 정말입니까? 그 기사를 정말 제가 실어도 되는 것입니까?"

밀키웨이의 아시아 투어 소식을 가장 먼저 기사로 써달라고 정호가 부탁했을 때 예중태가 보인 반응이었다.

정호는 예중태의 반문에 고개를 끄덕였다.

"말도 안 돼……. 특종이 이렇게 걸어들어 오다니……."

예중태는 전혀 예상하지 못했다는 듯 고개를 절레절레 저었다.

그런 예중태의 행동을 보고 정호가 웃으며 물었다.

"그럼 제가 어째서 예 기자님을 불러냈다고 생각하셨습니까?"

"아…… 딱히 무슨 생각이 있어서 나온 건 아니고……."

"아니고?"

"제가 여길 나온 건 그저 스타 매니저 오정호를 직접 눈으로 보고 싶어서……."

"허."

너무나 어이없어서 정호가 한마디 감탄사를 내뱉는 사이 뭔가가 떠오른 듯 예중태가 물었다.

"근데 왜 저한테 이렇게 잘해주시는 건가요? 혹시 저한테 바라는 게 있으신 겁니까?"

이번에는 그나마 날카로운 질문이었다.

'다행이군.'

만약 이대로 기사를 써주겠다고 대답했다면 아낌없이 도우기로 하고 이 자리에 나온 정호로서도 실망을 할 수밖에 없었을 것 같았다.

정호가 빙그레 미소를 지으며 말했다.

"이제야 예 기자다운 질문이군요."

정호의 말을 듣고 이 자리에서 있었던 일들을 뉘우쳤는지 예중태가 살짝 얼굴을 붉히며 말했다.

"그건…… 제가 다소 경황이 없었군요……."

"아닙니다, 괜찮아요. 그보다는 예 기자님의 질문에 대답을 해드리죠. 제가 바라는 것은 없습니다."

"네?"

"밀키웨이의 아시아 투어 소식을 가장 먼저 신게 해주는 것에 대한 조건이나 대가가 없다는 뜻입니다."

"어째서……?"

"그냥요."

정호의 대답을 듣고 예중태가 자신을 정말 바보로 아느냐는 듯 빤히 쳐다봤다.

하지만 정호가 대답해줄 말은 없었다.

정호의 빚은 이제 정호만이 간직하고 있었다.

그건 말로 설명해서 납득시킬 수 있는 부류의 것이 아니었다.

그래서 정호는 다른 곳으로 말을 돌렸다.

"어차피 예 기자님한테 모든 걸 다 말해 버렸는데 이제 와서 조건을 걸고 대가를 바란다는 게 말이 될까요?"

"그거야 그렇지만……."

"믿기지 않다면 기사를 쓰지 않으셔도 됩니다. 부디 좋은 선택을 하십시오. 그럼 바쁘신데 실례했습니다."

그 말을 끝으로 정호가 자리에서 일어났고 오늘 예중태의 단독 기사가 출고됐다.

정호는 예중태의 기사가 출고되리라는 걸 이미 알고 있었다.

'아무리 생각해 봐도 내가 이런 정보를 넘긴 이유를 찾을 수 없었겠지. 동시에 이 정보가 거짓 정보일 이유도 찾을 수 없었을 거야. 우리 두 사람에게는 전혀 접점이 없으니깐.'

잠시 후, 정호의 스마트폰으로 한 통의 문자가 왔다.

[감사합니다.]

예중태의 문자였다.

저번의 만남에서 느낀 바가 있는지 스스로를 낮추지 않은 선에서 예중태가 문자를 보냈다는 걸 알 수 있었다.

정호가 답장을 보냈다.

[별말씀을.]

시간이 흘렀고 예중태의 기사대로 다음 달 초의 일이었다.

와아아아아!

대만의 공연장에서는 함성이 쏟아져 나오고 있었다.

공연 트레일러 영상이 끝나고 밀키웨이가 본격적인 아시아 투어를 시작하기 직전이었다.

정호가 찬찬히 밀키웨이 멤버들을 살펴보다가 말했다.

"이렇게 있으니깐 꼭 너희의 첫 데뷔 무대가 생각난다."

약간 긴장감에 빠져 있던 멤버들이 정호의 말을 듣고 옛날 생각이 났는지 웃음을 지었다.

그때처럼 정호가 신유나의 머리를 쓰다듬었다.

잠깐 가만히 정호의 손길을 느끼는 것 같던 신유나가 고개를 치우며 말했다.

"안 그래도 돼요. 우린 잘할 거예요."

신유나가 메롱, 하고 혀를 내밀더니 먼저 무대로 올라갔다.

유미지는 고개를 절레절레 저으며 신유나를 따라갔고 오서연은 "낄낄낄." 하고 웃으며 이어서 무대에 올랐다.

하수아가 정호에게 한마디 말을 던지고 마지막으로 무대에 올랐다.

"느끼해요, 부장님. 닭살."

그렇게 밀키웨이 멤버들이 아시아 투어의 첫걸음을 내디뎠다.

정호가 무대 위에서 열정적인 공연을 선보이고 있는 밀키웨이 멤버들을 보며 생각했다.

'그래, 너희들은 잘하겠지. 이번에도, 앞으로도.'

18장. 아시아 투어

아시아 투어 in 타이페이.

대만 타이페이 아레나에서 첫 콘서트의 막이 올랐다.

타이페이 아레나를 가득 채우는 대만 팬들의 함성에 밀키웨이 멤버들은 살짝 놀란 듯했지만 이내 평정심을 되찾았다.

밀키웨이 멤버들은 이제 완숙한 프로였다.

어떤 상황에서도 흔들리지 않고 무대를 이어 나갈 능력이 충분했다.

오히려 오서연은 재밌다는 듯 "낄낄낄." 웃어댔다.

당당하고 의연하게 무대 위에 서 있는 밀키웨이를 보며 정호가 생각했다.

'어느새 저렇게나 성장했군.'

이윽고 익숙한 음악과 함께 익숙한 춤이 시작됐다.

대만 팬들이 오랫동안 고대하던 밀키웨이의 무대였다.

노래를 부르고 춤을 추는 밀키웨이 멤버들에게는 긴장감이 전혀 느껴지지 않았다.

'완벽하다.'

정호의 감상대로였다.

밀키웨이 멤버들은 아주 꽉 찬 실력을 마음껏 뽐냈다.

겨우 네 사람이 꾸며내는 무대라는 게 도무지 믿겨지지 않을 정도였다.

그렇게 순식간에 각 앨범의 타이틀곡이 무대 위에서 펼쳐졌다.

대만 팬들은 마치 꿈을 꾸는 것처럼 밀키웨이의 이름을 연호했다.

"밀키웨이!"

"밀키웨이! 밀키웨이!"

하지만 본격적인 무대는 이제부터였다.

음원으로만 만날 수 있는 노래의 라이브를 직접 들을 수 있다는 것이 콘서트의 진정한 재미 중 하나였기 때문이었다.

〈러닝〉부터 〈차일드〉까지 밀키웨이의 모든 앨범은 열두 곡 이상의 곡이 차곡차곡 들어차 있었고 그 곡 중에서 거르거나 버릴 노래 같은 건 존재하지 않았다.

모두 개성이 있었고 동시에 대중성을 확보하고 있었다.

정호가 무대를 보며 생각했다.

'어떤 곡은 당장 타이틀곡이 되어도 손색이 없을 정도지. 콘셉트만 아니라면 정말 타이틀곡이 되었을지도 모를 곡들이다.'

낯선 나라, 낯선 공연장에서 밀키웨이 멤버들은 지금까지 어디에서도 공개되지 않았던 노래와 춤을 대만 팬들에게 선보였다.

영상으로 송출된다면 엄청난 화제를 일으킬 만한 대단한 무대들이 연이어 계속됐다.

"밀키웨이!"

"밀키웨이! 밀키웨이!"

대만 팬들은 어느새 쉬어버린 목소리로 밀키웨이의 이름을 연호했다.

열정적인 환호에 정호의 등에는 잠깐이나마 소름이 돋았다.

인간이 느낄 수 있는 가장 격렬한 흥분이 공연장의 모든 사람들을 지배했다.

아시아 투어 in 홍콩.

홍콩 아시아월드 엑스포 홀10에서의 콘서트를 하루 앞둔 밀키웨이의 숙소는 떠들썩한 분위기에 휩싸여 있었다.

바로 밀키웨이 멤버 중 막내인 신유나의 생일 파티 때문이었다.

정호가 카메라를 들고 촬영을 했고 밀키웨이 멤버들이 신유나에게 생일 축하 노래를 불러줬다.

숙소에는 평범하지만 우렁찬 생일 축하 노래가 울려 퍼졌다.

"생일 축하합니다! 생일 축하합니다! 사랑하는 유나의 생일 축하……."

그때 갑자기 같이 노래를 부르던 하수아가 돌연 노래를 멈추고 말했다.

"잠깐! 근데 촬영 중인데 이래도 돼요?"

흐뭇한 미소를 지으며 촬영 중이던 정호가 대답했다.

"뭐가?"

"아니, 촬영 중인데 이렇게 평범해도 되는 거냐고요. 저희가 그래도 명색이 밀키웨이인데 생일 축하 노래에도 화음을 넣어야 하는 거 아닐까요?"

그러자 케이크를 들고 있던 순진한 유미지가 반응했다.

"아…… 그런가?"

본격적인 생일 파티가 시작되기도 전에 이미 술 한 잔을 걸친 오서연이 낄낄거리면서 벌써 먼저 화음 연습을 했다.

질세라 다른 멤버들도 오서연과 함께 화음 연습을 했다.

정호가 난감한 웃음을 지으며 말했다.

"얘들아, 이미 생일 축하 노래 다 불렀는데 이제 와서 화음 연습을 하는 게 의미가 있을까? 그냥 케이크 자르자. 케이크에 촛농 떨어져."

한두 방울씩 아까 전부터 촛농이 떨어지고 있는 케이크는 거들떠보지도 않고 하수아가 대답했다.

"부장님, 있어 봐요. 이건 밀키웨이의 자존심이 걸린 문제라고요. 너도 이러는 편이 나은 것 같지, 유나야?"

신유나는 평소 좋아하던 딸기 케이크에 촛농이 떨어지고 있는 모습을 말없이 지켜봤다.

그러더니 신유나가 오서연을 향해 입을 열었다.

"언니, 반음만 낮춰 봐요."

믿었던 신유나의 배신에 정호는 한 손으로 자신의 이마를 부여잡았다.

결국 밀키웨이 멤버들은 화음을 넣어 다시 생일 축하 노래를 불렀다.

케이크의 커팅을 끝내고 밀키웨이 멤버들은 신유나에게 온 선물들을 열어보기 시작했다.

오서연이 평소와는 다르게 약간 흥분한 듯 톤이 올라간 목소리로 정호를 향해 물었다.

"진짜죠, 부장님? 유나의 생일 선물로 온 술은 정말 다 마셔도 되는 거죠?"

정호는 고개를 끄덕이며 대답했다.

"물론이지. 너희도 좀 즐겨야 할 거 아니야."

"유후!"

오서연을 비롯한 모든 멤버들이 정신없이 생일 선물 봉투를 뜯어보기 시작했다.

단 하루를 머무는 밀키웨이의 숙소를 어떻게 알았는지 세계 각지의 팬들은 신유나에게 꽤 많은 생일 선물을 숙소로 보내온 상태였다.

"오오! 있다!"

유미지가 먼저 뭔가를 발견했다.

연둣빛 유리병이었다.

"화이트 와인이다!"

오서연이 흥분해서 와인 병을 향해 돌진했고 순식간에 낚아챘다.

그러더니 코르크 마개도 빠른 손놀림으로 열었다.

어느새 잔을 가지고 나타난 하수아가 오서연을 보챘다.

"얼른 따라 봐요, 얼른."

하지만 오서연은 그대로 병나발을 불었다.

"아, 언니!"

"낄낄낄."

하지만 연둣빛 유리병에 든 액체를 그대로 삼킨 오서연의 표정은 좋지 못했다.

표정을 살피고 유미지가 물었다.

"왜 그래?"

오서연이 대답 대신 연둣빛 유리병을 건넸다.

"응? 알코올 0도? 어라…… 그럼 포도 주스네?"

순간적으로 밀키웨이 멤버들의 시선이 정호를 향했다.

정호는 그런 밀키웨이 멤버들을 싱글벙글 웃으며 내려다보고 있었다.

뭔가를 직감한 밀키웨이 멤버들이 다시 격렬한 움직임으로 선물 포장지를 뜯기 시작했다.

액체가 든 몇 개의 병이 더 등장했지만 불길한 예감은 어김없이 들어맞았다.

그건 전부 주스였다.

신유나는 밀키웨이 멤버들 중에 유일하게 술을 즐기지 않는 멤버였다.

팬들도 이 사실을 알고 신유나에게는 건강에 좋다는 주스만을 보낸 것이었다.

모든 선물의 포장지를 뜯어본 오서연이 절규했다.

"말도 안 돼에에에!"

이날의 모든 사건은 '생일 파티 비하인드 스토리'라는 제목을 달고 편집되어 유터보에 올라갔고 엄청난 반향을 일으켰다.

아시아 투어 in 쿠알라룸푸르.

중국 상하이, 태국 방콕에서 성공적으로 공연을 마친

밀키웨이는 쿠알라룸푸르에서의 공연을 위해 말레이시아로 향하는 상공에 떠 있었다.

정호가 멤버들에게 말했다.

"다들 이럴 때라도 눈 좀 붙여. 너희 그러다가 일본에 도착하기도 전에 쓰러진다."

정호는 밀키웨이의 체력 안배를 위해 이동 시간을 제외하고도 공연과 공연 사이에 하루나 이틀씩 휴식 시간을 두었다.

하지만 밀키웨이 멤버들은 그 시간을 관광에 사용했다.

'호텔에서 내리 쉬어도 아깝게 느껴질 시간들을 그렇게 사용하다니.'

한편으로는 해외여행의 경험이 많지 않는 밀키웨이 멤버들의 마음도 이해가 갔지만 그래도 아까운 건 아까운 것이었다.

'애들은 쉬어야 해. 지금은 모르지만 이러다가 정말 체력이 다해서 쓰러지고 말 거야.'

정호는 걱정스러운 눈으로 비즈니스석에 앉아 잘 준비를 하는 멤버들을 지켜봤다.

'그래도 다들 오늘은 잘 생각인 모양이군. 다행이다.'

오늘만큼은 비행기에서도 쉴 생각을 하지 않고 어김없이 뭔가를 하던 밀키웨이의 모습이 아니었다.

순조롭게 잘 준비를 하는 멤버들을 보며 정호가 안심했다.

'좋아. 이대로 잠이 들기를 기다리…….'

그리고 그렇게 안심한 정호가 먼저 잠이 들고 말았다.

"부장님, 주무신다."

정호랑 가장 가까이 앉아 있던 신유나가 말하자마자 밀키웨이 멤버들이 모두 눈을 떴다.

신유나 옆에 앉은 하수아가 슬쩍 정호를 보며 조용히 중얼거렸다.

"가장 피곤해하는 사람이 누군데 누굴 걱정해……."

오서연은 정호가 잠들었다는 걸 확인하자마자 스튜어디스를 불러 영어로 말했다.

"맥주, 맥주 좀 부탁드려요."

정호만 잠든다면 오서연에게 있어서 이 비행기는 천국이나 다름없었다.

태국 항공사의 비행기는 무료 맥주가 무제한 제공됐기 때문이었다.

"낄낄낄. 취하자, 취해!"

오서연이 정호의 눈치를 살피며 작게 외쳤다.

하지만 오서연을 제지하는 사람은 정호만 있는 게 아니었다.

밀키웨이의 리더인 유미지도 있었다.

오서연의 부탁을 받아 맥주를 가지러 가는 스튜어디스를 유미지가 다시 불러서 말했다.

"저 사람한테 맥주 말고 오렌지 주스를 주세요. 심각한 알코올 홀릭이라서 맥주를 마시면 안 되거든요."

그 모습을 확인한 오서연이 절규했다.

"안 돼에에, 내 맥주우우!"

오서연이 절규하는 사이 하수아는 신유나에게 장난을 걸고 있었다.

하수아가 신유나를 불렀다.

"퍼피."

"그 이름으로 부르지 마요."

어깨를 으쓱, 들어 올리며 하수아는 순순히 신유나의 요구를 들어줬다.

"알겠어. 유나야, 너 지금 우리 어디 가는 줄 알아?"

"그것도 모르겠어요?"

"어딘데?"

"말레이시아요."

"말레이시아 어디?"

"쿠쿠아르푸……."

"뭐? 어디?"

"쿠아르쿠아프라……."

"어디라고?"

"쿠라으루로카르타……."

푸흡, 속으로 웃으며 신유나의 대답을 하수아가 알아들은 척했다.

"아아. 거기구나. 쿠알라룸푸르."

자신의 대답이 틀렸다는 걸 알았지만 자존심 강한 신유나는 아무렇지 않은 척 대답했다.

"네, 맞아요. 거기."

"근데 거기가 어딘데?"

그제야 신유나는 하수아가 자신을 놀린다는 걸 알았다.

"싫어요. 말 안 할래요."

"오호. 설마 발음을 못 해서 말 안 하려는 건 아니지?"

"할 수 있어요."

"그래? 거기가 그럼 어딘데?"

"쿠알라루루루프……"

아시아 투어 in 오사카.

쿄세라돔에서의 공연을 위해 밀키웨이 멤버들이 오사카에 도착했다.

도착하자마자 밀키웨이 멤버들을 반긴 사람은 다름 아닌 이전 일본 활동에서 인연을 맺었던 네시라의 카즈마였다.

"카즈마 상!"

"오오! 나가토모!"

밀키웨이 멤버들은 하나같이 카즈마를 향해 반갑게 인사했다.

정호는 한국에서 아시아 투어에 대한 전체 미팅을 할 때 잠깐 카즈마와 인사를 나눈 적이 있었지만 밀키웨이 멤버들은 정말 오랜만에 카즈마를 만나는 것이었다.

반가울 수밖에 없었다.

카즈마도 정말 반갑게 밀키웨이와 인사를 나눴다.

그런 뒤 카즈마는 정호에게 다소 심각한 얼굴로 다가왔다.

"오 상, 도착하자마자 이런 말씀드리기 죄송하지만 긴히 꼭 부탁드릴 것이 있습니다."

정호는 카즈마의 표정에서 심각함을 읽고 대답했다.

"네, 한번 들어봅시다."

"혹시 도쿄돔에서 추가 공연을 부탁드려도 될까요?"

"네? 도쿄돔이요?"

원래 밀키웨이의 공식적인 아시아 투어 일정은 쿄세라돔에서의 공연을 끝으로 종료됐다.

'그런 상황에서의 도쿄돔 공연이라니. 카즈마의 부탁은 연장 공연을 해달라는 것이나 다름없군.'

카즈마가 난감하다는 듯 설명했다.

"밀키웨이의 앨범이 잘 팔리기는 했지만 원래는 쿄세라돔만을 채워도 큰 성공을 거둔 것이라고 생각했습니다. 딱 그 정도 느낌이었죠. 하지만 밀키웨이가 아시아 투어를 하는 사이에도 앨범은 계속 팔려 나갔고 어느새 일본 내 밀키웨이의 인기가 하늘을 찌르게 됐습니다."

"좋은 소식이군요. 그런데요?"

"그러다 보니 쿄세라돔만으로는 팬들을 모두 수용할 수가 없게 됐습니다. 네시라의 홈페이지가 마비될 정도의 항의가 들어왔어요. 과격한 팬들은 단체로 네시라 본사로 몰려오기도 했고요."

정호는 카즈마의 말이 믿기지 않았다.

일본 팬들은 세계적으로도 다소 얌전한 편에 속했다.

유럽의 한 유명 가수는 일본의 공연 문화와 한국의 공연 문화를 직접적으로 비교하며 일본 팬들이 너무 얌전하다는 비판을 할 정도였다.

'그런데 이런 사태라니.'

카즈마가 정호의 생각을 읽은 것처럼 말했다.

"저희로서도 이런 일이 생겼다는 사실에 당황스럽습니다. 하지만 이대로 쿄세라돔에서의 공연으로 아시아 투어 일정을 종료한다면 일본 팬들의 분노를 막기가 쉽지 않을 것 같다는 게 상부의 판단입니다. 자칫 잘못하다간 쿄세라돔 공연에서도 문제가 생길 수 있어요."

정호는 밀키웨이 멤버들을 슬쩍 쳐다봤다.

멤버들이 고개를 끄덕였다.

괜찮다는 의미였고 공연을 해도 좋다는 의미였다.

정호가 카즈마에게 고개를 끄덕이며 말했다.

"상황은 잘 알겠습니다. 저희로서도 도쿄돔의 공연은 꽤나 의미 있는 일이라고 생각하니까요. 그런데 이렇게 급작스럽게 도쿄돔에서 공연을 할 수 있을까요? 장소 섭외도 섭외지만 팬들이 오지 않을 것 같은데……."

"그건 걱정하지 마십시오. 네시라 쪽에서 모든 조치를 하겠습니다. 그리고 팬들은 올 겁니다. 아마 도쿄돔이 가득 찰 거예요."

—……갑작스러운 요청으로 시작됐지만 밀키웨이의 도쿄돔 공연은 완벽했다. 워낙 공연이 완벽했기 때문에 일본 팬들의 분노도 눈 녹듯 사그라들었고 분노가 사라진 자리는 환호와 흥분으로 들어찼다. 공연이 끝나고 한 일본 팬은 필자에게 이런 말을 하기도 했다. "이번 공연은 일본 공연 역사에도 길이 남을 기념비적인 일이었습니다. 한국 팬들이 부럽습니다. 밀키웨이를 자주 볼 수 있는 한국 팬들이 너무나도 부러워요." 한국인으로서의 자부심을 느끼게 해준 이 일본 팬의 말은 아직도 내 가슴에 남아 있다. 그리고 그 순간 깨달을 수 있었다. 밀키웨이가 이번 아시아 투어를 계기로 명실상부 아시아 최고의 걸 그룹이 되었다고 사실을!

[디지털 투모로우 칼럼 예중태의 이모저모].

19장. 이름값

아시아 투어가 끝나고 몇 주 후, 밀키웨이는 이번 앨범 〈차일드〉의 활동을 공식적으로 끝냈다.

하지만 밀키웨이의 열기는 도저히 식을 줄 몰랐다.

활동이 중단된 이후에도 밀키웨이에 대한 이야기가 연일 각종 대중 매체에서 쏟아져 나왔다.

가장 많이 쓰이는 표현은 역시 '글로벌 차일드' 였다.

정호가 전체 회의에서 이번 앨범의 콘셉트를 설명할 때 사용했던 이 용어는 예중태의 기사를 타고 널리 퍼져 나갔고 현재는 밀키웨이를 수식하는 기본적인 대명사가 되어 있었다.

정호가 예중태에 대해서 생각했다.

'그저 몇 가지 정보를 던져줬을 뿐인데도 능력자는 능력자라는 건가?'

확실히 예중태는 보통 인물이 아니었다.

첫 만남의 어리숙했던 모습을 금세 지우고 정호가 던져주는 정보를 자신만의 스타일로 가공하여 시선을 끌어모으고 있었다.

특히 '글로벌 차일드' 라는 말을 적극적으로 언론에 사용하자고 제안한 사람도 정호가 아닌 예중태였다.

워낙 경험이 많았기 때문에 정호도 여유가 있었다면 '글로벌 차일드' 라는 용어를 언론에 퍼뜨릴 생각을 했을지도 모르지만 결정적으로 정호는 아시아 투어라는 큰 산을 등반하느라 전혀 여유가 없었다.

그런 와중에 '글로벌 차일드' 라는 말을 적극적으로 퍼뜨릴 생각을 한 사람이 바로 예중태였다.

간단한 전략이지만 유연한 사고를 가지고 있지 않다면 도저히 떠올릴 수 없는 생각이었다.

'능력 있는 권 팀장이나 청월의 홍보팀 전체에서도 생각하지 못할 만큼 말이지. 예중태 덕분에 밀키웨이는 아주 좋은 위치를 선점했다.'

이런 용어가 따라붙는 일은 생각보다 중요했다.

월드스타라는 용어가 붙는 가수들이 앨범이 큰 흥행을 거두지 못해도 늘 손익분기점을 넘는 것은 이런 용어 하나 때문이기도 했다.

'브랜드 가치의 상승이라고나 할까? 괜히 이름값, 이름값 하는 게 아니지.'

이러한 이름값의 효과는 온라인상에서도 고스란히 드러났다.

[와 아직도 홍대에서 차일드가 흘러나오더라ㅋㅋ 아주 글로벌해ㅋㅋ]

[홍대에서만 흘러나오냐? 귀에서도 흘러나오지ㅋㅋㅋ]

[내 귓속에 마약, 차일드ㅇㅈ]

[내 귓속에 마약ㅋㅋㅋㅋㅋㅋㅋㅋ 중이병인 줄ㅋㅋㅋㅋㅋㅋㅋ]

[근데 글로벌 차일드라는 말 누가 만든 거임?ㅇㅇ]

[기레기?ㅋ]

[ㅋ좋은 기레기다ㅋ]

[ㅋㅋㅋㅋㅋ좋은 기레기는 또 뭐냐?ㅋㅋㅋㅋㅋ]

[근데 말레이시아 말로 글로벌 차일드는 어떻게 발음하나요?ㅎㅎㅎ]

[쿠쿠아르푸…….]

[ㅋㅋㅋㅋ발음이 그게 뭐임? 이거지, 쿠아르쿠아프라…….]

[ㄴㄴ쿠라으루로카르트타…… 가 확실함!]

[아니ㅋㅋ 이 사람들이 장난하나ㅋㅋㅋ 내가 말레이시아 원어민인데 쿠알라루루루프임…….]

[신유나식 발음 등장 실화냐?ㅋㅋㅋㅋㅋㅋㅋㅋㅋ]

[ㅋㅋㅋㅋ여기서도 사람들이 퍼피 발음 흉내 내고 있네 ㅋㅋㅋㅋ]

사람들은 밀키웨이가 활동을 중단한 시점에서도 밀키웨이를 끌어다가 서로 '드립 대결' 을 펼치곤 했다.

'이것 자체가 엄청난 변화다. 사람들의 관심이 도저히 밀키웨이에서 벗어나지 않는다는 뜻이니깐.'

그리고 이런 효과가 나타난 데에는 '글로벌 차일드' 라는 수식어가 큰 역할을 한 셈이었다.

모두들 알고 있었다.

'글로벌 차일드' 라는 말에는 '경외심' 과 '친숙함' 이 전부 들어 있다는 것을.

밀키웨이는 휴식 기간을 가졌지만 정호에게는 쉴 틈이 없었다.

이제 다시 뉴 아트 필름의 일로 눈을 돌릴 시간이었다.

다행히 뉴 아트 필름의 일은 순조로웠다.

황태준의 수완이 생각보다 좋았다.

특히 캐스팅 능력이 발군이었다.

아무것도 가진 것이 없는 상태에서 광규태 감독을 섭외한 것도 놀라운데 황태준은 〈더 블랙〉의 남자 주인공도 정호가 적합하다고 알려준 인물로 섭외했다.

자신의 능력을 섭외로 입증하고 있는 셈이었다.

'메세나의 전태인을 그렇게 손쉽게 데려올 줄은 몰랐는데……'

메세나는 배우를 전문으로 키우는 대한민국 굴지의 소속사였다.

그리고 전태인은 그런 메세나에서도 세 손가락에 손꼽히는 명품 배우였다.

'혹시나 하는 마음에 제2안까지 준비했는데 괜한 짓이었군. 어쨌든 상황이 아주 좋다. 전태인은 이전의 시간에서도 〈더 블랙〉의 주연을 맡았던 배우니깐.'

의심의 여지가 없는 좋은 상황이었다.

하지만 아무리 생각해도 어떻게 황태준이 전태인을 캐스팅할 수 있었는지가 의문이었다.

'광규태 감독이 메세나 쪽에 라인이 있었나? 아니면 태준이에게? 아니다. 그런 얘기는 들어보지 못했어. 이전의 시간에서도 태준이는 우연한 계기로 만나서 데려왔다고 밝힌 적이 있다. 그럼 도대체 어떻게……'

결국 정호는 참지 못하고 황태준에게 전화를 걸었다.

이런 부분에서 궁금증이 생기면 도저히 참지 못하는 정호였다.

이전의 시간에서도 정호는 어떤 배테랑 매니저와 비교해도 최고일 수밖에 없는 사람이었지만 비법이나 노하우 부분에서 자신이 알지 못하는 게 생기면 그것을 알아내기 위해

달려들고 보는 스타일이었다.

이런 집요함이 정호를 최고의 자리에 올려 놓았을지도 모를 일이었다.

뚜르르, 하는 통화연결음이 계속 이어지고 마침내 황태준이 전화를 받았다.

"네, 전화 받았습니다."

"태준아, 난데."

"네, 부장님. 마침 전화 잘하셨습니다."

"응? 무슨 일 있어?"

"부장님부터 말씀하세요. 용건이 있으셔서 전화하셨을 텐데."

"별거는 아니고. 네가 태인 씨를 어떻게 캐스팅했나 궁금해서."

"아, 그거요? 그거야 부장님이 더 잘 아시죠."

의외의 대답이 돌아오자 정호가 자신도 모르게 반문했다.

"내가?"

"네. 부장님이 예전에 쓴 적 있다는 그 방법을 저도 태인 씨한테 사용했거든요."

정호는 황태준이 무슨 말을 하는지 알 수 없었다.

그러다가 불현듯 한 가지 일이 떠올랐다.

언젠가 황태준이 황성우를 따라다닌 지 얼마 되지 않았을 때 이런 걸 물어본 적이 있었다.

"과장님."

"응?"

"과장님은 어떻게 밀키웨이 멤버들의 마음을 얻은 거예요? 하나같이 사연이 기구한 게 쉽지 않았을 것 같은데……."

그때 정호는 황태준에게 있는 그대로 솔직히 대답해 줬다.

"글쎄……. 나도 아직 잘 모르는 게 많지만 사람의 마음은 얻는 게 아니야. 우연히 얻어지는 거지."

"네? 그게 무슨 말이에요?"

"말 그대야. 나에게 특별한 능력이 있어서 사람의 마음을 돈을 주고 살 수 있다고 한번 가정해 보자. 그렇게 얻은 마음이 진짜 마음일까?"

"어……. 아니요."

"그치? 그러니깐 사람의 마음은 얻는 게 아닌 거지. 내가 무슨 짓을 해도 사람의 마음은 그쪽이 마음을 먹지 않은 이상 절대로 얻을 수 없어."

"그럼 캐스팅은 어떻게 해요? 그 사람이 올 때까지, 그 사람이 나한테 마음을 줄 때까지 마냥 기다려요?"

"아니."

"그럼요?"

"마음을 주고 싶은 생각이 들도록 성의를 보이고 간절함을 보여야지. 최선을 다하고 또 최선을 다해서. 그러다가 안 되면……."

"안 되면?"

"다시 최선을 다해야지. 그 사람에게 그런 마음이 생길 수 있게."

정호가 전화기 너머의 황태준에게 말했다.

"너 혹시……?"

"네, 맞아요. 매일 찾아갔죠. 대본 봐달라고 대본을 또 봐달라고……."

정호가 허, 하고 헛웃음을 지었다.

"그게 정말 통할 거라고 생각한 거냐?"

그러자 확신에 찬 황태준의 대답이 돌아왔다.

"당연하죠. 제가 이 업계에서 가장 신뢰하는 분이 가르쳐준 방법이거든요."

◇ ◆ ◇

'그런 방법이었다니.'

정호는 피식, 웃으며 대답했다.

"싱겁기는. 입에 침도 안 바른 아부는 됐고. 너는 무슨 용건 때문에 내 전화를 기다린 건데?"

황태준은 자신의 말이 진심이라고 말하려다가 정호의 성격을 상기하고는 입을 다물었다.

이런 얘기를 백번 해봐야 믿어주지 않을 것이 뻔한 정호였다.

차라리 다른 얘기를 하는 게 나았다.

그리고 자신의 용건도 아주 중요한 것이었다.

"아…… 그거요. 이번 투자처인 CG에 관한 건데요. 혹시 부장님, 나라틱 프로덕션이라고 아세요?"

"나라틱?"

"네, 이번에 CG에서 투자 대상으로 저희 회사랑 나라틱을 두고 저울질을 하고 있는 모양인데 왠지 찜찜한 구석이 있어서요."

"뭐? 나라틱이랑 투자 경쟁을 벌인다고?"

정호는 나라틱이라는 회사를 알고 있었다.

모를 수가 없었다.

코끼리팩토리와 긴밀하게 연결된 영화제작사 중에 하나였기 때문이었다.

'문어발식 투자 전략.'

이전의 시간에서도 있었던 코끼리팩토리의 성장 전략이었다.

막대한 자금력을 등에 업고 있는 코끼리팩토리는 소규모 영화제작사들에게 분산 투자를 하고 있었다.

규모가 작은 영화제작사에게 투자금을 주어 영화를 만들고 그 영화에 자신들의 배우를 출연시키기 위한 전략이었다.

'약간의 꼼수이긴 하지만 투자의 개념으로 보면 아무런 문제가 없지. 그러나!'

코끼리팩토리는 단순히 영화에 자신들의 배우를 출연시키는 데 그치지 않았다.

영화제작사 측이 안달 나게 조금씩 투자금을 늘려 영화제작사를 좀먹고 이후 영화제작사의 경영에도 영향력을 행사하곤 했다.

'특히 경영권을 확보하기만 하면 투자금 회수를 위한 각종 악행을 저질렀지.'

부자라고 해서 돈을 막 퍼주는 경우는 없었다.

코끼리팩토리도 마찬가지였다.

영화제작사의 경영권을 확보하고 나면 자신들이 제공한 투자금을 회수하기 위해 더러운 일도 마다하지 않았다.

무엇보다도 제2의 투자처를 확보하여 투자금을 회수하는 방법을 주로 사용했다.

'제2의 투자처를 따로 확보하여 투자금은 투자금대로 돌려받고 자신들은 소속사로 다시 돌아가는 거지. 물론 이때 만들어지는 영화에는 코끼리팩토리의 배우들이 쓰이고.'

다소 졸렬하면서도 치사한 방법이지만 효과가 확실한 전략이기도 했다.

정호가 황태준에게 물었다.

"그래서 어때? 나라틱이랑 붙어서 이길 만해?"

"배우로 보나, 감독으로 보나 저희가 당연히 압승이죠."

"그래? 그럼 다행이고."

"그런데 약간 찜찜해요. 분위기랄까? 그런 게 저희 쪽에 좋지 않은 기분이에요."

이번 CG 건은 뉴 아트 필름으로서는 반드시 잡아야 하는 기회였다.

이 기회를 놓친다면 영화 제작은 한참이나 늦어질 것이 분명했다.

자칫 잘못하면 투자처를 구하지 못해 영화가 엎어질 수도 있었다.

'하지만 배우나 감독의 이름값에서 큰 차이가 있다면 코끼리팩토리를 등에 업은 나라틱이라도 별수가 없을 거다.'

실제로 이전의 시간에서도 코끼리팩토리에게 경영권을 넘긴 영화제작사가 이름값에 밀려 제2의 투자처를 구하지 못하는 경우가 종종 발생했다.

정호는 이런 생각을 하며 황태준을 안심시켰다.

"걱정 마. 이변은 없을 거야."

그리고 며칠 뒤, CG가 자금을 투자할 회사를 발표했다.

CG가 투자를 최종적으로 결정한 회사는 나라틱이었다.

20장. 공정한 결정을 위하여

'뭐? CG가 나라틱을 선택했다고?'

정호로서는 도저히 납득할 수 없는 상황이었다.

동시에 전혀 예측하지 못한 상황이기도 했다.

정호가 기억하기로 CG의 투자 평가는 꽤 공정한 편이었다.

스크린 수 독점과 각종 꼼수로 늘 비난의 대상이 되는 CG였지만 투자 대상을 정하는 일만큼은 대중성에 입각하여 철저하게 진행했다.

'못마땅한 면이 없는 것은 아니지만 괜히 영화계의 사자라고 불리는 CG가 아니다. CG 같은 대기업이 누가 봐도 흥행의 가능성이 더 높은 〈더 블랙〉을 선택하지 않을 리가 없는데.'

혹시나 하는 마음에 나라틱이 CG에 제안한 작품이 무엇인지 수소문해본 정호였다.

해당 작품의 시나리오 대본까지는 구할 수 없었지만 어렵게 제목 정도는 알아낼 수 있었다.

정호도 기억하고 있는 제목이었다.

'알아본 바에 따르면 나라틱이 투자를 요청한 작품은 〈이 시대의 콤비〉였다.'

단짝 친구의 유쾌한 우정을 그린 코믹 영화 〈이 시대의 콤비〉는 단순히 망작이라고 할 수는 없었지만 그렇다고 해서 엄청나게 흥행한 작품도 아니었다.

하지만 그 해 최고의 영화 중 하나로 꼽혔던 〈더 블랙〉에 비할 작품이 전혀 아니었다.

〈이 시대의 콤비〉가 반딧불이라면 〈더 블랙〉은 밤하늘에 떠 있는 보름달이었다.

두 작품 사이에는 그 정도의 격차가 있었다.

'내가 기억하고 있는 〈이 시대의 콤비〉의 줄거리도 그다지 흥미로운 부분이 없다. 다시 말하자면 작품의 재미에 밀려서 〈더 블랙〉이 선택되지 않은 것은 아니라는 뜻이다. 그렇다면 어디에서 차이가 발생한 거지? 설마 캐스팅한 배우에서?'

정호는 두 번 생각할 것도 없다는 듯 가만히 고개를 저었다.

그럴 리가 없었다.

<이 시대의 콤비>의 배우는 전부 코끼리팩토리의 배우임 분명했다.

아직 인지도가 없는 지해른이라면 또 몰라도 황태준이 어렵사리 데려온 전태인만큼은 코끼리팩토리의 어느 배우들과도 비교할 수 없었다.

아예 급이 달랐다.

'그렇다면 배우의 이름값도 아니라는 건데…… 수상하다. 수상해.'

그때 누군가가 부장실 문을 두드렸다.

소식을 전해 듣고 달려온 민봉팔이었다.

"<더 블랙> 엎어졌다며?"

"응. 나도 방금 알았어."

"이게 무슨 일이야……."

"나도 의문이다. 어째서 이런 일이 벌어진 건지, 참……."

정호가 민봉팔에게 어떤 상황인지 간략히 알렸다.

시나리오의 줄거리 부분은 말하기가 조금 곤란해 우연히 들은 것으로 살짝 각색했다.

그대로 말했다간 정호 자신이 회귀를 했다는 사실을 꼼짝없이 밝혀야만 했기 때문이었다.

정호의 말을 끝내자 민봉팔이 생각에 잠긴 채 말했다.

"흠……. 정말 이상하긴 하네. 설마 이번 투자 건…… 혹시 그것 때문인가?"

민봉팔이 뭔가 실마리를 갖고 있는 듯했다.

정호가 보챘다.

"뭔데? 뭐 알고 있는 거 있어?"

민봉팔이 손사래를 치며 대꾸했다.

"아니, 그냥 들은 얘기야. 새로 발령이 난 CG 쪽의 새로운 담당자가 조금 더러운 짓을 한다는 얘기가 요즘 돌더라고."

"새로운 담당자?"

번뜩 정호의 머릿속을 스치는 뭔가가 있었다.

'설마……. 그때의 그 일인가? 하필…….'

◇ ◆ ◇

—결제되었습니다. 당신이 원하는 시간을 얻습니다.

[결제한 포인트 : 10080 / 남은 포인트 : 22700]

오랜만에 시간 결제였다.

지금껏 모든 일이 정호의 생각대로 잘 풀렸기 때문에 꽤 오랫동안 시간 결제가 전혀 필요하지 않았다.

하지만 지금은 달랐다.

황태준과 지해른의 미래를 위해서 그 어느 때보다 시간 결제가 필요한 상황이었다.

또한 만약 이 투자 건이 정호가 생각하고 있는 그 인물과 연관되었다면 선의의 피해자가 다수 발생할 수도 있었다.

선의의 피해자를 막기 위해서라도 더욱더 시간 결제가 필요했다.

그래서 정호는 과감하게 일주일 전으로 돌아왔다.

'만약 이 일이 내가 기억하고 있는 그 일과 연관이 되어 있다면 이 문제를 해결하는 데 가장 적절한 기간은 딱 일주일이다.'

정호가 기억하고 있는 일은 CG의 새로운 투자 업무 담당자에 관한 것이었다.

'이름은 기억나지 않아. 그렇다고 해서 상황마저 기억나지 않는 것은 아니지.'

반 년간 담당자의 자리에 올랐던 이 인물은 CG 부패의 온상이나 다름없었다.

특히 투자 대상을 정하는 과정에서 영화제작사들의 뒷돈을 받아 챙기는 것으로 유명했는데 후에 이 일이 CG에 알려져 해고를 당했다.

'어처구니없게도 투자 경쟁을 벌이는 두 회사의 뒷돈을 챙기다가 CG의 감사에 걸린 일이었지.'

돌이켜 생각해 보면 이 인물이 담당자의 위치에 올랐던 건 딱 반년이었다.

하지만 반년 간 CG가 입은 피해는 생각보다 컸다.

이 인물은 담당자의 위치에서 총 여섯 작품의 영화에 투자를 최종 결정했는데 이 인물의 해고 이후에도 투자금 회수의 명분을 찾지 못한 CG는 투자를 강행해야 했고 나중에

잇달아 개봉한 여섯 작품은 단 한 작품도 빠짐없이 전부 망했다.

CG 특유의 스크린 수 독점과 각종 꼼수조차도 전혀 통하지 않았다.

'작품성이나 흥행 가능성 같은 어떤 조건도 고려하지 않은 채 돈만 보고 결정한 일이었으니 어쩔 수 없는 결과지. 어쩌다가 그런 인물을 담당자 자리에 올린 것인지.'

확실히 이 사건은 영화계의 사자로 통하는 대기업 CG의 오점이었다.

'휴……. 어쨌든 내가 생각하는 그 사람이 맞는지 확인부터 확인해야겠다. 전후 사정 확인 및 대책 강구는 그 이후에 해도 늦지 않아.'

정호에게는 시간 결제로 확보한 일주일의 시간이 있었다.

다음 날.

정호는 정 이사의 도움을 받아 CG의 정보를 알아냈다.

"와……. 오랜만에 소름 돋았다……. 너는 자꾸 어떻게 이런 걸 미리 예측하는 거냐?"

"감이죠."

"감이 그렇게 좋으면 신내림 아니야? 너 혹시 잘 아는 무당 같은 거 있냐?"

"없어요. 정보는 이게 다죠?"

정 이사가 알아낸 정보는 정호의 생각과 일치했다.

정호가 생각하고 있던 그 인물이 바로 CG의 담당자를 맡고 있었다.

"퍼니 필름이랑 블루 라이트까지 전부 당했다더라. 특히 블루 라이트는 백 감독에 손재명을 주연으로 들고 갔는데도 밀렸대. 이게 말이 되냐?"

연기 스타일이나 이미지가 확연히 다르지만 손재명은 전태인과 동급의 배우라고 보는 게 맞았다.

하지만 국제 영화제를 휩쓴 적이 있는 백 감독은 현재 광 감독보다도 대중적 인지도가 높은 연출가였다.

이름값이 전부는 아니라지만 한 해에 책정된 한정된 예산을 이런 영화에 투자하지 않는다는 건 정 이사의 얘기처럼 말이 되질 않았다.

"말이 완전히 안 되는 것 같지는 않아요. 영화라는 게 워낙 흥행을 예측하기가 쉽지 않고 거기에다가 이번에 담당자 자리에 오른 배주남이라는 사람, 경력만 보면 생각보다 믿음직스러운데요?"

정호는 눈에 보이는 자료를 냉정하게 평가하며 말했다.

"하긴 해외 명문대 졸업에, 알아주는 해외 프로덕션에 직원이었으니 CG도 믿고 맡긴 거겠지. 하지만 그래서 난 더 이해가 안 가. 왜 이런 사람이 CG에 와서 이런 짓을 벌인 거지?"

정 이사가 알아낸 정보를 확인하며 몇 가지 기억이 떠오른 정호가 생각했다.

'명문대 시절부터 좋지 않은 품성이었다지? 해외 프로덕션에 들어가서도 백마진을 챙기는 등 비리를 저지르다가 걸려서 쫓겨난 거였고. 전형적으로 조건만 따지다가 사람을 잘못 쓴 예시로군.'

정호는 여전히 이해가 가지 않는다는 듯 고개를 갸웃거리고 있는 정 이사를 그대로 둔 채 말했다.

"이러니저러니 해도 나쁜 놈은 나쁜 놈인 거죠. 저는 그럼 이동해 볼게요. 할 일이 많을 것 같거든요."

"어떻게 할 건데?"

"어떻게든요. 정보랑 전화번호, 잘 받았습니다."

삼 일 후.

정호는 스마트폰에 누군가의 번호를 띄워놓고 있었다.

[010-47XX-XXXX]

정호가 받은 CG의 내부 감사 담당자의 전화번호였다.

배주남의 정보를 모을 때 정 이사가 자신의 라인을 총동원하여 알아낸 것으로 이번 일을 처리하는 데 반드시 필요한 것이 이 연락처였다.

'역시 정 이사로군. 나도 어서 다양한 협조 관계를 쌓을 필요가 있겠어.'

새삼 정호는 정 이사의 뛰어난 협조 관계 라인에 부러움을 느꼈다.

그러고는 고개를 끄덕이며 자신에게 부족한 지점이 무엇인지 되새겼다.

'그래도 나에게는 뛰어난 협조자가 하나 있지.'

그 사람은 다름 아닌 예중태였다.

삼 일간 정호는 예중태의 도움을 받아 배주남을 추적했다.

아무래도 이쪽 일은 정호보다는 예중태가 나을 수밖에 없었다.

정호가 부탁한 일을 해결한 예중태가 자료를 넘기며 말했다.

"이로써 마음의 빚을 좀 갚은 기분이군요."

예중태는 밀키웨이와 관련된 각종 특종을 독점 기사로 선점하며 언론계에 이름을 알렸다.

그 결과 최근 디지털 투모로우에서 더 큰 언론사로 이직을 한 상태였다.

정호가 예중태에게 대답했다.

"이런 대가를 바라고 한 일은 아니었지만 신경 써주셔서 감사합니다."

정호의 감사 인사를 받고 예중태가 펄쩍 뛰며 말했다.

"아니요, 아닙니다. 저야말로 감사 인사를 바라고 한 일이 아닙니다. 그저 저를 이곳으로 이끌어주신 것에 대한 보답을 하고 싶었을 뿐입니다. 저도 잘 알고 있죠. 부장님께서 조건 없이 저를 도와줬다는 것을요. 당시의 저에게는 정말 아무런 능력이 없었으니까요."

"그렇게 생각해 주신다면 다행이고요. 하지만 중태 씨에게는 충분히 그 자리에 오를 만한 능력과 실력이 있었습니다. 기회가 없었을 뿐이죠."

정호의 말을 듣고 약간 감격한 예중태가 고개를 숙이며 대꾸했다.

"말씀만으로도 감사합니다."

정호가 대답 대신 빙그레 웃어 보였다.

과거의 회상에서 빠져나오며 정호가 생각했다.

'덕분에 모든 증거를 모았다. 이제 CG의 담당자에게 연락을 할 차례야.'

예중태에게 부탁을 해서까지 이렇게 확실한 증거를 모은 것은 정호가 철저한 CG의 외부인이었기 때문이었다.

심증만으로는 내부 감사 담당자를 도저히 설득할 수 없었다.

'문제없다. 이제는 증거가 확실한 상황이니깐.'

통화 버튼을 누르는 정호의 손길은 거침이 없었다.

CG의 내부 감사 담당자 김인석은 낯선 이의 전화를 받았을 때만 해도 굉장히 껄끄러웠다.

특히 꼭 할 말이 있다는 말을 듣고 나서는 껄끄러운 마음에 의심까지 더해졌다.

'언젠가 이런 일이 생길 거라고 생각했지…….'

특히 CG라는 대기업 내에서도 내부 감사 담당자라는 높은 위치 있는 만큼 자신에게 어떤 식으로든 유혹이 찾아오리라는 걸 예감했다.

'그래도 의외로군. 내부보다도 외부에서 먼저 이런 유혹이 찾아올 줄이야…….'

김인석은 이런 생각을 하며 만나서 얘기를 하자는 낯선 이의 제안을 거절하려고 했다.

하지만 이런 낌새를 눈치 챈 낯선 이, 그러니깐 정호가 결정적인 한마디를 남겼다.

"CG 내에서 일어나고 있는 비리에 대한 얘기입니다. 정보를 원하지 않으시다면 전화를 끊겠습니다."

이 말을 듣고 나자 김인석은 전화를 끊을 수가 없었다.

적어도 한 번은 만나서 사실 여부를 확인해야 했다.

곧 이어진 정호의 말이 김인석의 마음을 편하게 해준 것도 김인석이 정호를 만나기로 마음을 먹은 결정적인 계기였다.

"회사 밖에서 만나는 건 원하지 않습니다. 저나 담당자님이나 모두 괜한 의심을 살 필요가 없으니까요."

김인석이 대답했다.

"좋습니다. 만나시죠."

그리고 지금 김인석은 정호를 만나기로 마음을 먹은 게 천만다행이라고 생각했다.

'오정호라…….'

첫 인상부터가 만만찮은 사내였다.

상대방에게 전혀 아부하는 기색 없이 인사를 건넬 줄 안다는 것부터가 인상 깊었다.

그뿐만 아니었다.

CG 입장에서는 입이 떡 벌어질 만한 대단한 정보를 담담히 넘기는 태도를 보면서 김인석은 굉장한 충격을 받았다.

'이런 인물이 또 있다니……. 꼭 우리 대표님과 마주하는 기분이군…….'

김인석은 CG 대표의 카리스마에 반해서 십 년 넘게 충성을 바치고 있는 인물이었다.

대표와의 비교는 김인석이 할 수 있는 최고의 칭찬이나 다름없었다.

'처음 만난 누군가에게 다시 이런 칭찬을 하게 될 줄이야…….'

김인석은 이런 생각을 하며 정호에게 담담히 말했다.

"정보는 잘 받았습니다. 확인 절차를 거쳐 처리하도록 하겠습니다."

"그렇군요. 알겠습니다."

정호가 그 말을 끝으로 자리에게 일어났다.

김인석이 사무실을 나서려는 정호를 다급히 붙잡았다.

"그게 끝입니까?"

정호가 뒤돌아서며 반문했다.

"예?"

"정말 그게 끝입니까? 이런 대단한 정보를 넘기고도 조건 하나 덧붙이지 않는 겁니까?"

내부 감사 담당자로서는 썩 어울리는 말이 아니었다.

하지만 김인석은 입장을 바꿔서 만약 자신이 정호에 위치에 있게 된다고 해도 정호처럼 하지는 못 할 것 같다는 생각이 들었다.

그 때문에 참지 못하고 이렇게 물을 수밖에 없었다.

김인석의 말을 알아듣고 정호가 사람 좋은 미소를 지으며 대답했다.

"없습니다. 애초에 제가 바란 건 공정한 경쟁이었으니까요."

정호가 그렇게 밖으로 나갔고 김인석이 허, 하고 웃으며 생각했다.

'정말 대단한 자신감이군…….'

하지만 정호의 자신감은 근거 없는 자신감이 아니었다.

배주남을 해고하고 새로운 투자 담당자가 정해지기 전까지 시간이 꽤 지체됐지만 공정한 투자 대상 심사가 이뤄지자 정말 상황은 정호의 뜻대로 흘러갔다.

새로운 투자 담담자가 배정된 CG는 이변 없이 〈더 블랙〉

에 투자를 결정했다.

'그리고 대단한 능력이야…….'

〈더 블랙〉의 투자 결정 사실을 전해들은 김인석이 뒤늦게 덧붙여 생각했다.

21장. 흥행, 그리고 기회

노릇노릇하게 구워진 삼겹살과 시원한 소주를 앞에 두고 정호가 입을 열었다.

"드디어 내일이구나."

정호의 말을 받은 건 정호 앞에서 술잔을 기울이고 있던 황태준이었다.

"전부 부장님 덕분입니다. 도움 받은 게 한두 가지가 아니지만 무엇보다도 부장님이 CG의 비리를 밝혀 주시지 않았다면 이렇게 무사히 스탠바이를 하지 못했을 거예요."

정호는 괜히 불안해할까 봐 CG의 비리 건을 황태준에게 밝히지 않았다.

하지만 정호의 업적을 알고도 두고 볼 민봉팔이 아니었다.

민봉팔은 CG의 투자가 확정된 당일 황태준에게 전화를 걸었다.

"네, 민 실장님."

"여어~ 황 대표. 축하한다. 이번에 CG에서 〈더 블랙〉의 투자를 확정했다며?"

민봉팔의 말을 듣고 황태준은 기분이 좋은 듯 호탕하게 웃어 젖혔다.

"하하하. 운이 좋았습니다. 민 실장님이 걱정해 주신 덕분 아니겠습니까? 하하하."

그런 황태준에게 은근슬쩍 민봉팔이 말을 꺼냈다.

"내 걱정 덕분은 무슨. 황 대표가 잘해서 생긴 일이지. 그리고 누구보다 이번 건은 정호가 고생했어."

"하하하. 맞습니다. 오 부장님이 작품 선택부터 캐스팅까지 무수히 많은 도움을 주셨죠. 나라틱을 압도할 수 있었던 것도 전부 그 때문이지요. 하하하."

"응? 아니. 그거 말고 이번 투자 건 말이야."

"네. 투자 건이요. 하하하."

"어? 얘가 정말 모르나 보네. 너 정호가 투자 건과 관련해서 일주일간 부리나케 뛰어 다녔던 거 몰라?"

"예? 그게 무슨 소리……."

민봉팔에게 사건의 전말을 전해들은 황태준이 놀라서 잠깐 말을 잃었다.

그러더니 뭔가에 홀린 듯 말했다.

"그게 인간의 상식으로 가능한 일입니까? CG의 비리를 예측하고 그걸 저지했다고요?"

"글쎄? 나도 그 부분이 의아하긴 해. 단순 예측은 아니겠지. 어디서 정보를 얻었을 거야."

"그렇다고 하더라도 오 부장님은 정말 대단한 분이군요……. 새삼 경악스럽습니다."

황태준의 반응에 만족한 듯 환한 미소를 지으며 민봉팔이 말했다.

"경악스럽기만 하냐? 그냥 정호는 존재 자체가 반칙이야, 반칙."

그때 생각이 나는 듯 황태준이 고개를 절레절레 저었다.

그런 황태준을 보며 칭찬에 유난히 관심이 없는 정호가 말했다.

"삼겹살에 소주. 이렇게 완벽한 조합을 앞에 두고 고개를 절레절레 흔들다니 너무 불손하지 않냐?"

"도무지 다시 생각해도 믿기지 않아서 그럽니다."

황태준이 갑자기 진지한 표정을 지으며 말이 이었다.

"솔직히 말해 주세요. 진짜 예측을 한 건 아니죠?"

정호가 순순히 대답했다.

"응. 아니야."

"그럼 CG 쪽에 정보원이 있는 겁니까? 아니면 우연히 정보를 얻었나요?"

"그것도 아닌데?"

정호의 대답을 듣고 황태준이 자기 머리를 쥐어 뜯으며 소리치듯 물었다.

"그럼 도대체 뭡니까!?"

정호는 대답 대신 웃으며 소주를 마셨다.

소주가 유난히 달고 맛있는 날이었다.

다음 날.

〈더 블랙〉의 촬영이 본격적으로 시작됐다.

작품 선택부터 촬영 결정까지 우여곡절이 많았지만 촬영 자체는 순조롭게 흘러갔다.

특히 지해른의 연기가 돋보였다.

첫날부터 지해른은 순식간에 영화에 몰입하여 〈더 블랙〉 속의 인물이 됐다.

그런 지해른의 연기를 지켜보며 광 감독이 혀를 내두르며 정호에게 말했다.

"오디션 때보다 완성도가 높은 연기력이군요. 연기력만큼은 우리나라의 어떤 여배우도 따라올 수 없을 것 같습니다."

정호가 광 감독의 말에 대꾸했다.

"다행이군요. 해른이가 광 감독님한테 잘 보이려고 그동안 연습을 많이 했습니다."

"하하하. 그랬습니까?"

지해른의 연기력에 놀란 것은 광 감독만이 아니었다.

〈더 블랙〉의 남자 주인공이자 우리나라 톱급 배우인 전태인도 지해른의 연기를 보고 한눈에 반한 듯했다.

지해른과 처음으로 호흡을 맞추던 신에서 전태인은 자신이 대사를 칠 차례라는 사실조차 잊고 중얼거리듯 말했다.

"말도 안 돼……. 우리나라에 이런 배우가 있었다니……."

담당 매니저를 뿌듯하게 하는 극찬 중의 극찬이었지만 정호는 침음성을 흘렸다.

'음……. 설마 해른이한테 반한 건 아니겠지?'

이후 정호가 며칠 동안 경계했지만 다행히 지해른에 대한 전태인의 관심은 배우로서의 호감 정도로만 보였다.

촬영의 막바지로 갈수록 지해른을 향한 호감과 관심은 더 뜨거워졌다.

배우부터 스태프까지 촬영장의 모두가 지해른을 인정하는 듯한 분위기가 형성됐다.

특히 전태인은 지해른이 까마득한 후배임에도 불구하고 지해른을 자신과 동급의 배우로 대할 정도였다.

광 감독이 촬영 중 슬쩍 이런 농담을 던지기도 했다.

"이거 천하의 우리 전 배우가 해른 양의 극성팬이 되어

버린 것 같은데?"

광 감독의 말을 전태인이 유쾌하게 받았다.

"팬이다 뿐이겠습니까? 그냥 광신도라고 불러주세요. 이미 영화 촬영 중반부터 저는 속으로 해른교의 교주를 자처하고 있었습니다."

전태인의 너스레에 액션이 들어가지 않은 때면 늘 수줍은 지해른의 얼굴이 붉어졌다.

그 모습을 보며 정호가 또다시 침음성을 흘렸다.

'음…… 설마 해른이가 반한 건 아니겠지?'

며칠간 정호는 지해른을 지켜봤지만 다행히 지해른은 전태인을 좋은 선배 배우 정도로 생각하는 것 같았다.

이런 부분에서 다소 보수적인 경향이 있는 정호였다.

영화 〈더 블랙〉의 촬영이 마무리됐고 촬영만큼이나 중요한 편집 과정을 거쳐 〈더 블랙〉이 최종적으로 완성됐다.

며칠 뒤, 마침내 고대하던 시사회 날이 밝았다.

정호는 그날 마침 스케줄이 비어 있던 유미지와 함께 시사회장을 찾았다.

다른 밀키웨이 멤버들은 아쉽게도 스케줄이 있었다.

'스타의 시사회 참여는 홍보의 필수 코스인데 정말 아쉽게 됐군.'

그래도 다행인 점이 타이탄의 전 멤버가 이번 시사회에 참여했다는 사실이었다.

최근 타이탄은 정호가 지해른의 케어로 바쁜 동안 잠깐 음악방송 1위 자리를 차지할 정도로 인지도를 높였다.

'미지와 타이탄 정도라면 청월의 체면은 세웠다고 할 수 있겠지.'

정호는 또 누가 왔나 보기 위해 시사회장을 슥, 살폈다.

전태인의 소속사인 메세나의 배우들이 드문드문 보였다.

'배한주, 송세희, 박광민…… 총 여덟 명인가? 꽤 유명한 배우들도 섞인 게 메세나 측에서도 힘을 좀 준 모양이군.'

그렇게 시사회장을 살피다가 기사석 쪽에서 정호가 아는 얼굴을 발견했다.

정호가 직접 초대한 예중태였다.

"중태 씨!"

정호의 목소리를 듣고 예중태가 정호에게 다가왔다.

"미지야, 인사드려라. 한사랑 일보의 예중태 기자님이시다."

"안녕하세요, 예 기자님. 늘 저희 기사 써주시는 거 잘 보고 있어요."

"아이고. 말씀만으로도 영광입니다, 미지 양. 앞으로도 잘 부탁드리겠습니다."

덕담을 나누는 사이 착석을 부탁하는 안내 방송이 흘러나왔다.

예중태가 자신의 자리로 돌아가기 위해 말했다.

"그럼 오늘 기사도 잘 써보겠습니다."

정호가 웃으며 대꾸했다.

"영화가 재밌으면 잘 써주시겠지요. 중태 씨는 보고 난 그대로만 써주시면 됩니다."

"하하하. 역시 오 부장님은 이런 부분 하나 그냥 안 넘어가시는군요. 말씀대로 보이는 만큼만 쓰겠습니다."

잠시 후, 관객들의 착석이 끝나고 〈더 블랙〉의 배우들과 스태프가 나와 관객들에게 소개 및 인사를 했다.

먼저 광 감독이 마이크를 잡았다.

"안녕하세요, 〈더 블랙〉의 연출을 맡은 광규태입니다. 올해는 제가 입봉을 한 지 9년이 되는 해인데요……."

광 감독의 감회 섞인 인사가 길게 이어졌다.

과묵하지만 한번 말을 뱉으면 말이 길어지는 광 감독다웠다.

"끝으로 영화를 보기에 앞서 감독답지 않은 스포일러를 한 가지 한다면…… 〈더 블랙〉의 관전 포인트는 바로 지해른 양의 입이 떡 벌어지는 연기입니다. 지해른 양의 연기를 주목해 주십시오. 이상입니다."

다음으로 마이크를 건네 받은 사람은 전태인이었다.

"반갑습니다. 〈더 블랙〉의 석동윤 역을 맡은 전태인입니다. 방금 광 감독님이 제 연기에 대해서는 언급조차 하지 않으시고 지해른 양의 연기만 언급하셔서 조금 서운한데요……."

관객들의 웃음이 터졌다.

"하지만 확실히 〈더 블랙〉은 지해른 양의 연기에 주목해야 하는 영화입니다. 그러니 저는 잊으시고 지해른 양에게 집중해 주세요. 그럼 저도 여기까지 하겠습니다. 광 감독님이 길게 하셨으니까요."

다시 한 번 웃음이 터졌고 위트가 넘치는 전태인의 인사가 끝났다.

전태인은 지해른에게 마이크를 넘겼다.

"어…… 어…… 안녕하세요, 신인 배우 지해른입니다……. 저는 〈더 블랙〉에서 한소정 역을 맡았고요……. 어…… 제 연기는 그러니깐…… 어…… 모쪼록 잘 부탁드립니다!"

지해른이 서둘러 다음 배우에게 마이크를 넘겼다.

순수함이 엿보이는 지해른다운 인사였다.

모든 배우들이 소개 및 인사가 끝났고 드디어 〈더 블랙〉이 관객들에게 첫 선을 보였다.

장면이 쌓여 나갈수록 관객들은 왜 그 많은 사람들이 지해른에게 집중하라고 했는지 깨달을 수 있었다.

〈더 블랙〉의 성적은 엄청났다.

엄청나다는 말밖에는 할 말이 없을 정도였다.

CG의 스크린 수 독점이 큰 역할을 한 것도 사실이었지만 영화 자체의 재미가 〈더 블랙〉의 흥행을 인정할 수밖에 없게 만들었다.

'개봉 시기가 한참이나 앞당겨졌기 때문일까? 이전의 시간보다 훨씬 좋은 성적을 내고 있군. 하지만 중요한 것은 단순히 〈더 블랙〉의 성적이 아니지.'

정호의 생각대로였다.

이번 〈더 블랙〉의 흥행만큼이나 중요한 부분은 지해른의 인지도 상승이었다.

〈더 블랙〉을 본 기자들과 평론가들은 하나같이 입을 모아 지해른의 연기를 칭찬했다.

어느 정도였냐면 시사회를 통해 〈더 블랙〉을 본 기자들과 평론가들은 스타 탄생을 예고했고 영화관에서 직접 〈더 블랙〉을 본 기자들과 평론가들은 스타 탄생을 확정했다.

'연일 지해른에 대한 새로운 수식어가 쏟아지는군.'

지해른은 확실히 강여운보다도 충격적인 대뷔를 했다고 볼 수 있었다.

〈더 블랙〉의 흥행 효과는 이것이 전부가 아니었다.

이번 흥행으로 황태준의 영화제작사 뉴 아트 필름도 입지를 탄탄하게 다졌다.

특히 황태준이 준비하는 다음 영화도 상당히 좋은 작품이었기 때문에 정호로서는 무척이나 미래가 기대됐다.

'한편으로는 아쉽군. 뉴 아트 필름의 다음 영화에는 출

연시킬 배우가 없으니…….'

하지만 정호는 만족하기로 했다.

배우 부분에서 부족함을 느꼈던 총괄매니지먼트부 3팀이 지해른이라는 스타를 얻었다는 것만으로도 좋은 상승세에 탔다고 할 수 있었기 때문이었다.

게다가 좋은 소식은 이게 전부가 아니었다.

〈더 블랙〉의 흥행으로 연일 축제 분위기에 빠져 있던 총괄매니지먼트부 3팀으로 전화 한 통이 걸려왔다.

"강여운 양을 캐스팅하고 싶습니다."

미국에서 걸려온 전화였다.

정호의 파란만장한 미국 도전기가 시작되는 시점이었다.

매니지먼트의 제왕

22장. 미국행 멤버 결정

정호는 강여운의 담당 매니저인 민봉팔, 김만철과 함께 할리우드에서 온 대본을 검토했다.

뒷부분 내용이 아직 쓰이지 않았고 추가적인 수정 가능성도 있었지만 일단 당장 도착한 대본 자체에는 문제가 없어 보였다.

'게다가 내 기억을 따르면 이 영화는 세계적으로 좋은 흥행 기록을 남긴다.'

첩보 스릴러 영화 〈라스트 위크(Last Week)〉는 수작으로 평가받는 작품이었다.

이전의 시간에서 정호는 아쉽게도 바쁜 일정 때문에 〈라스트 위크(Last Week)〉를 챙겨서 보지 못했지만 국내에서도 분명 나쁘지 않은 반응을 얻었던 것으로 기억하고 있었다.

대본을 다 읽은 민봉팔이 먼저 입을 열었다.

"좋은데? 난 재밌어. 특히 여운이가 맡게 될 인물의 국적이 확실하게 표현되지 않았다는 점이 좋은 거 같아."

김만철이 민봉팔의 말을 받았다.

"저도요."

정호도 같은 의견이었다.

"확실히 나쁘지 않아. 전통 무술에 능숙한 동양인 여자 역할이라는 점이 다소 평범하고 아쉽긴 하지만 그렇다고 해서 굉장한 편견이 있는 것도 아니니깐."

민봉팔과 김만철이 고개를 끄덕여 정호의 의견에 동의했다.

민봉팔이 정호에게 물었다.

"그럼 여운이의 미국 진출은 확정된 거 같은데, 어쩔 거야? 나랑 만철이 둘이서 여운이를 케어하면 될까?"

"아니."

민봉팔이 되물었다.

"그럼?"

정호가 결연한 표정을 지으며 대답했다.

"이번에는 나도 갈 거야."

"너도 간다고?"

"응. 대표님이랑은 얘기가 끝났어."

정호의 말에 민봉팔이 질문했다.

우려가 다분히 느껴지는 어투였다.

"……여운이랑은? 여운이랑은 합의한 거야?"

정호도 걱정하고 있는 부분이었다.

스스로의 성장을 위해 정호의 품을 떠났던 강여운이었다.

그때 정호와 강여운은 조금 좋지 않은 모양으로 멀어지고 말았다.

'최근에 여운이로부터 부장 승진을 축하한다는 문자가 오긴 했지만 그걸 화해라고 볼 수는 없지. 게다가 이건 화해의 문제가 아니다. 일의 문제야.'

원래 정호는 미국에 가지 않으려고 했다.

강여운 때문이 아니었다.

그저 자신까지 나설 필요가 없다고 생각했다.

예상하지 못한 어려움은 분명 있겠지만 민봉팔과 김만철, 두 사람이 어려움을 잘 극복하여 강여운을 케어할 것이라고 판단했다.

뿐만 아니라 자신까지 미국으로 건너간다면 총괄매니지먼트부 3팀에는 결정권자가 사라지는 셈이어서 여러모로 문제가 생길 가능성이 있었다.

'나랑 봉팔이가 모두 없는 총괄매니지먼트부 3팀이라……. 괜찮을까?'

그러다 보니 정호로서는 할리우드행은 꿈도 꾸지 못할 이야기였다.

하지만 정호는 할리우드행을 마음먹었다.

청월의 실세인 윤 대표와 정 이사가 적극적으로 정호의 할리우드행을 권유한 탓이었다.

"봉팔이와 만철이를 못 믿는 건 아니네. 그래도 이 정도의 일에는 부장급 인사가 나서줘야 하지 않겠나?"

"그래. 다녀와라, 정호야. 청월의 최고 에이스인 네가 가서 이번 일을 잘 성사시켜야 다른 연예인들도 미국 쪽으로 활로를 찾을 수 있지. 네가 미국에 가 있는 동안 총괄매니지먼트부 3팀은 내가 봐줄게."

정호가 거절했지만 윤 대표와 정 이사는 거듭 권유했다.

결국 할리우드행을 거절할 수가 없게 된 정호였다.

그리고 현재 정호의 앞에는 강여운과의 관계 개선이라는 큰 벽이 세워져 있는 상태였다.

'어떤 반응을 보일까? 확실히 좋아하지는 않겠지?'

정호가 약간 긴장된 마음으로 강여운에게 전화를 걸었다.

뚜루루— 뚜루루—

한참 통화연결음이 이어졌지만 강여운은 전화를 받지 않았다.

"통화를 받을 수 없어 소리샘으로……."

전화를 끊으며 정호가 생각했다.

'후…… 이게 뭐라고 이렇게 긴장이 되네.'

강여운이 전화를 받지 않아 괜히 마음이 안심된다는 점도 정호의 기분을 더 이상하게 만들었다.

'이렇게나 멀어진 건가? 에라, 모르겠다. 조금만 이따가 전화를 하자. 조금만 이따가…….'

그렇게 생각하고 있을 때 정호의 스마트폰으로 전화가 걸려 왔다.

강여운이었다.

'어! 어?'

정호는 망설이다가 전화를 받았다.

"어…… 여운아. 무슨 일이니?"

"무슨 일은 무슨 일이에요. 오빠가 먼저 전화를 걸어서 전화했죠. 오빠야말로 무슨 일이에요?"

"응? 아니…… 별거는 아닌데…… 너 혹시 그 얘기 들었니……?"

"뭐요?"

"별거는 아니고…… 일에 관련된 얘기인데…… 미리 봉팔이가 말을 해둔다고 했거든……. 정말 못 들었어……?"

강여운의 대답은 잠깐 돌아오지 않았다.

어색한 침묵을 뚫고 잠시 후, 강여운이 말했다.

"후~ 들었어요. 이번에 오빠도 같이 할리우드 간다면서요?"

"아아…… 들었구나……. 그게 내가 원해서 가겠다고 한 건 아니고…… 윤 대표님이랑 정 이사님이 하도 강경하게……."

정호가 자신도 모르게 횡설수설 변명을 늘어놓는데 예상치 못한 강여운의 밝은 대답이 돌아왔다.

"잘됐네요."

"응?"

"잘됐다고요. 갑자기 미국에 가야 한다고 해서 약간 긴장이 됐는데…… 오빠가 같이 간다니 안심이에요."

도무지 예상하지 못한 반응이었기 때문에 정호는 이렇게밖에 대답할 수 없었다.

"어…… 그래? 확실히 잘된 일이지?"

◇ ◆ ◇

그렇게 미국행 멤버가 결정됐고 한국의 상황도 어느 정도 정리됐다.

밀키웨이를 비롯한 지해른은 휴식기에 돌입해 있어서 간간이 개인 스케줄만 처리하면 됐기에 곽준모와 서수영, 그리고 양지태만으로도 케어가 가능했다.

또 타이탄은 기존의 담당자가 계속 스케줄을 처리하면 됐으므로 전혀 문제가 없었다.

'무엇보다 정 이사님이 계시지. 잘 보살펴 주실 거다.

당분간 한국의 일을 생각하지 말고 미국에서의 일만 생각하자.'

정호가 각오를 다지는 사이 미국행 멤버들은 할리우드에 입성했다.

여행이라면 또 몰라도 업무 차 미국에 온 것은 정호도 처음이었다.

그래서 걱정이 없지는 않았는데 다행히 생활 부분만큼은 전혀 어려움이 없었다.

'역시 할리우드는 할리우드라는 건가?'

과연 할리우드는 미국 영화계의 총본산다웠다.

숙소, 음식, 통역, 이동수단까지 이미 모든 게 준비되어 있었다.

'심지어 준비된 모든 게 최신식이고 최고라니.'

이런 일에 웬만하면 잘 놀라지 않는 정호마저도 약간 놀랄 수밖에 없었다.

옆방에서 짐을 풀고 있던 민봉팔이 정호의 방으로 건너오며 놀란 어투로 중얼거렸다.

"정호야, 이게 다 뭐냐? 나 지금 꿈꾸는 거 아니지?"

하지만 정호는 금방 꿈만 같은 상황에서 빠져나왔다.

그러고는 말했다.

"주눅 들지 마. 주눅 들어선 안 돼. 여운이가 우릴 믿고 여기까지 왔다는 걸 절대로 잊지 말고 행동해."

정호의 말을 듣고 민봉팔이 정신을 차렸다.

"그래야지. 정신 똑바로 차리고 여운이를 도와야지."

그때 김만철이 정호의 방으로 넘어오며 놀란 어투로 중얼거렸다.

"부장님……. 이게 다 뭐죠……? 저 지금 꿈꾸고 있는 거 아니죠……?"

방금 전 자신의 모습을 잊은 사람처럼 민봉팔이 말했다.

"야 김만철, 정신 차려! 주눅 들지 마. 주눅 들어선 안 돼. 여운이가 우릴 믿고 여기까지 왔다는 걸 절대로 잊지 말고 행동하란 말이야!"

김민철이 물벼락을 맞은 것처럼 번쩍 정신을 차리고 대답했다.

"네, 넷! 물론입니다!"

생활 부분만이 아니었다.

〈라스트 위크〉의 감독인 대니 젤위거도 미국행 멤버들을 반겼다.

'여운이를 직접 캐스팅했다더니 확실히 반응이 호의적이군.'

대니 젤위거가 영국식 억양이 느껴지는 영어로 미국행 멤버들에게 인사했다.

"미국에 오신 걸 환영합니다! 반갑습니다. 이번 작품의 연출을 맡은 대니 젤위거라고 합니다. 여기까지 오시느라 정말 수고 많았습니다. 와주셔서 감사합니다.”

대니 젤위거의 말을 네 사람 중에서 가장 영어 실력이 출중한 정호가 받았다.

바로 옆에 미국의 프로덕션 측에서 붙여준 통역사 타일러가 있긴 했지만 첫 인사부터 통역을 거치는 건 보기가 좋지 않다는 판단이었다.

“이렇게 초대해서 주셔서 저희야말로 감사합니다. 저는 강여운 양의 매니저를 맡고 있는 오정호라고 합니다. 그리고 이쪽은…….”

정호가 차례로 미국행 멤버들을 소개했다.

강여운의 오디션은 한국에서 진행됐다.

〈라스트 위크〉의 투자처이자 프로덕션인 20세기 폭시사에서 보낸 사람들이 강여운의 오디션을 진행했고 계약까지 완료했다.

그러다 보니 대니 젤위거 감독을 만날 기회가 없었다.

‘조금 의아하긴 했지만 종종 미국에서는 이런 식으로 작업을 진행한다고 들었으니깐.’

어쨌든 대니 젤위거 감독은 미국행 멤버들을 반갑게 맞아줬고 이때까지만 해도 이번 촬영에는 별문제가 생기지 않을 거라고 생각했다.

촬영에만 집중하면 되는 좋은 상황처럼 보였기 때문이었다.

하지만 그건 섣부른 판단이었다.

◇ ◆ ◇

일주일이 지나고 나서부터 조금씩 상황이 이상하게 돌아갔다.

대본이 최종 완성됐다는 소식을 듣고 미국행 멤버들이 20세기 폭시사의 사무실로 들어가는 길이었다.

그 길에 정호는 우연히 20세기 폭시사의 직원으로 보이는 두 사람이 대화를 엿듣게 됐다.

"오오. 저 여자가 이번에 왔다는 동양인 배우인가?"

"그런가봐. 코리아에서 왔다지? 얼굴은 괜찮은데 연기도 잘하려나?"

"연기가 무슨 상관이야. 무술만 잘하면 되지."

"하긴 그렇지. 어차피 쌍절곤이나 휘두를 테니깐. 그나저나 코리아라면 어디지? 북한? 남한?"

"북한 아닐까? 그쪽이 무술을 더 잘할 것 같은 느낌인데?"

"그럴지도……. 근데 잠깐만. 목소리 좀 낮추자. 저 남자 동양인은 왠지 영어를 알아듣는 거 같아."

"설마 알아듣겠어? 음…… 그래도 혹시 모르니깐 빨리 여길 떠나자. 괜히 차별이다 뭐다 떠들어대면 골치 아파."

"그래, 그러자."

20세기 폭시사 직원은 서둘러 어디론가 사라졌다.

정호는 두 사람을 불러 세워서 한마디를 하려다가 말았다.

이쪽 사정을 잘 모르면서 괜히 긁어 부스럼을 만드는 게 아닌지 걱정됐기 때문이었다.

'이런 일이 적지 않게 발생한다는 얘길 듣긴 했지만 직접 겪으니 기분이 좋지 않군. 그나마 다행인 건 다른 세 사람이 이 얘길 듣지 못했다는 사실인가?'

다른 세 사람의 영어 실력이 형편없는 건 아니었다.

이 정도의 대화를 알아들을 수준은 충분히 됐다.

다만 현지 적응을 못 해서 알아들을 수 있는 말도 못 알아듣고 있을 뿐이었다.

"정호야, 왜?"

"아니야. 신경 쓰지 마."

그런 대화를 엿들었기 때문일까.

왠지 정호는 20세기 폭시사의 분위기가 이전과 조금 다르게 느껴졌다.

미국행 멤버들만이 20세기 폭시사와 연관된 유일한 동양인이 아닐 텐데도 불구하고 힐끔거리는 시선부터 대놓고 호기심을 나타내는 시선까지 다양한 반응들이 미국행 멤버들에게 쏟아졌다.

다른 멤버들도 이런 분위기를 감지한 모양이었다.

"오빠……. 느낌이 조금 이상한데요……?"

"저도 느껴집니다……. 쎄해요……."

"나도 느껴져……. 이 정도면 노골적인데……?"

같이 사무실로 향하고 있던 통역사 타일러가 말했다.

"동양인이 여러 명 모여 있으니깐 괜히 저러는 거예요. 신경 쓰지 마세요."

하지만 너무 노골적인 시선도 섞여 있었던 탓에 신경 쓰지 않을 수 없었다.

결국 미국행 멤버들은 사무실에 도착할 때까지 따가운 시선들을 고스란히 받아야만 했다.

문제는 이게 끝이 아니라는 사실이었다.

매니지먼트 제왕

23장. 갑작스러운 사고

'기분이 좋지 않군. 하지만 성공을 위해서라면 이 정도의 시선은 이겨내야지.'

미팅 장소로 들어서기 전 정호가 멤버들을 다독였다.

"다들 조금만 힘내자."

정호의 말을 찰떡같이 알아듣고 미국행 멤버들이 고개를 끄덕였다.

확실히 이 정도의 차별은 미국행 비행기에 오르기 전부터 이미 각오한 일이었다.

그래서 그런지 생각보다 멤버들의 상태가 괜찮아 보였다.

정호가 미팅이 있을 사무실의 문을 열며 말했다.

"그럼 들어간다."

문을 열고 들어가자 대니 젤위거를 비롯한 몇 명의 남자들이 미국행 멤버들을 반겼다.

대니 젤위거를 제외하면 아는 얼굴이 없었다.

전부 20세기 폭시사의 직원들인 모양이었다.

특히 그중에는 대표 격으로 보이는 남자가 있었다.

슈트 위에 카우보이모자를 멋들어지게 쓴 건장한 남자였다.

남자가 호탕하게 웃으며 말했다.

"하하하. 안녕하세요, 반갑습니다. 저는 〈라스트 위크〉의 투자 및 서포트를 맡은 토비 워커라고 합니다."

대니 젤위거를 만났을 때처럼 정호가 토비 워커의 인사를 받았다.

"안녕하세요. 강여운 양의 매니저를 맡고 있는 오정호……."

그러자 토비 워커가 굳은 얼굴로 정호의 말을 잘랐다.

"저기요. 그쪽이 강여운 양입니까?"

토비 워커의 예의 없는 태도에 살짝 당황했지만 정호는 흐트러짐 없이 대답했다.

"아닙니다."

"그럼 강여운 양의 법정대리인입니까?"

"그것도 아닙니다."

"그렇다면 빠져주시지요. 저는 강여운 양과 대화를 나누고 싶거든요."

정호가 잠깐 망설였다.

'음…… 어쩌지? 이쯤에서 커트를 하는 게 좋을까?'

정호는 고민 끝에 잠깐 물러나기로 했다.

'전형적으로 마초맨을 자처하는 미국 남성이다. 괜히 자극하지 않는 것이 나을 수도 있어. 좋아. 어떻게 하나 한번 지켜보자.'

정호가 물러나는 것을 보고 토비 워커가 의기양양한 태도로 강여운에게 말을 걸었다.

"강여운 양? 그쪽이 강여운 양이지요?"

강여운이 토비 워커의 질문에 대답하며 슬쩍 정호를 바라봤지만 정호가 괜찮다고 눈짓을 보냈다.

"네. 제가 강여운입니다. 반갑습니다, 토비 워커 씨."

"실제로 보면 어떤 분일지 궁금했습니다. 사진에서 본 것보다도 미인이군요. 걱정이 많았는데 다행입니다. 일본 여성이 아니라도 이런 미인이 있을 수 있군요. 하하하."

차별의 뉘앙스가 다분했지만 강여운은 침착하게 대답했다.

"미인은 어디에나 있을 수 있죠."

"하하하. 그렇죠. 어디에나 있을 수 있죠. 일본에 미인이 더 많은 거 같지만요. 역시 동양은 일본이니까요. 하하하."

"일본을 상당히 좋아하시는 거 같습니다?"

"좋아하진 않습니다. 그나마 미국인과 대화가 통하는 동양인이 일본인이라고 생각할 뿐이죠. 중국인들도 있지만 그들은 냄새가 좀 심하더군요. 강여운 양은 코리안이라고 했죠? 살짝 걱정했는데 딱히 냄새가 나는 것 같지 않네요. 하하하."

호탕한 척하지만 말끝마다 차별적인 발언을 하는 토비 워커였다.

결국 정호가 참지 못하고 끼어들었다.

아무리 좋은 기회라도 이런 모욕을 들으면서 일을 할 생각은 없었다.

"말이 심하시군요."

"뭐가요? 저는 사실만을 말했을 뿐입니다."

정호는 뻔뻔한 얼굴로 대답하는 토비 워커에게 주먹 한 방을 먹여 주고 싶은 기분이었지만 참았다.

대신 이렇게 말했다.

"이런 일을 당하고도 저희가 가만히 있을 거라고 생각했다면 오산입니다."

"네? 그게 무슨 소리입니까?"

토비 워커는 계속 모르는 척 뻔뻔하게 나왔다.

정호는 더 이상 말이 통하지 않을 거라고 확신했다.

말이 통하지 않는 사람과 더 대화를 나눌 수는 없었다.

"어떤 상황인지 모르겠습니까? 좋습니다. 그럼 알아들을 수 있도록 정식으로 20세기 폭시사에 항의를 하도록 하죠.

그럼 이만 실례하겠습니다."

정호가 먼저 문밖으로 나갔고 나머지 멤버들도 사무실을 나섰다.

돌아오는 길에 김만철이 씩씩거렸다.

"저게 무슨 태도죠? 토비 워커인지 뭔지 하는 놈한테 주먹 한 방을 먹여 주려다가 말았어요."

김만철의 말에 민봉팔이 대꾸했다.

"참아. 그렇게 감정적으로만 대할 일이 아니야. 지금 우린 정식으로 계약을 한 상태라고. 계약을 파기하려면 확실한 명분이 있어야 하는데 여기서 주먹질을 해서 유리한 건 저쪽일 뿐이야."

민봉팔의 말이 맞았다.

정호가 그 순간 한경수를 만났을 때처럼 주먹 한 방을 먹여 주지 않은 건 그런 이유 때문이었다.

계약 전으로 시간을 되돌릴 게 아니라면 어차피 몇 번이고 다시 겪어야 할 일이었다.

그렇다면 계약 파기를 위해 확실한 명분을 쌓는 쪽이 이득이었다.

정호가 생각했다.

'할리우드 도전기는 이렇게 끝이 나는 건가……'

미국행 멤버들이 전체적으로 우울한 분위기에 빠져 있을 때 전화 한 통이 걸려왔다.

20세기 폭시사 쪽에서 걸려온 전화였다.

전화를 건 남자는 자신이 토비 워커보다 한 단계 높은 직책에 있는 사람이라는 걸 정중하게 밝히며 말했다.

"방금 사무실에서 있었던 일은 전해 들었습니다. 정말 죄송합니다. 이건 100퍼센트 저희 측의 실책입니다……."

이후로도 몇 분 동안 사과가 길게 이어졌다.

남자는 토비 워커에게 정식으로 사과를 하라는 명령과 함께 급여 삭감 징계가 떨어진 상태라는 말도 덧붙였다.

그러자 정호의 마음도 조금 풀어지는 것 같았다.

남자가 긴 사과의 끝에 말했다.

"아까 받아보지 못한 최종 대본을 여러분들의 숙소로 보내도록 지시했습니다. 불편하시겠지만 만약 저희와 계속 일하길 원하신다면 최종 대본을 읽고 답변을 주시길 부탁드립니다. 아까의 일은 정말 죄송했습니다. 다시 한 번 사과드립니다."

조금이라도 무례하게 나온다면 가만히 있지 않을 생각이었던 정호였다.

하지만 상대는 정중함이 묻어나는 확실한 사과를 하고 있었다.

'어떻게 대응할까…….'

정호가 전화기를 든 채 고민하며 강여운 쪽을 쳐다봤다.

강여운은 걱정 섞인 눈빛으로 정호를 바라보고 있었다.

정호가 전화에 대고 말했다.

"알겠습니다. 그럼 일단 전화를 끊고 강여운 양과 상의를 해보겠습니다. 최종 대본도 읽어 보고요."

"그럼 연락 주십시오."

"네, 연락드리겠습니다."

정호가 그렇게 전화를 끊고 강여운에게 물었다.

"일단 저쪽에서 확실한 사과를 한 상태야. 하지만 네가 20세기 폭시사와 같이 일하고 싶지 않다면 이대로 계약 파기를 진행할게. 저쪽도 원한다면 그렇게 하겠다는 입장이야."

강여운이 살짝 고민하다가 대답했다.

"최종 대본이 온다고 했죠? 그걸 읽어보고 결정할게요."

정호도 그게 나을 것 같다고 생각했다.

민봉팔과 김만철도 강여운의 판단을 존중했다.

숙소에 도착하고 잠시 후, 20세기 폭시사에서 보낸 〈라스트 위크〉의 최종 대본이 도착했다.

미국행 멤버들은 정호의 방에 모여서 최종 대본을 검토하기 시작했다.

"이건……."

"이럴 수가……."

"완전 미친 거 아니야?"

결과만 놓고 말하자면 〈라스트 위크〉의 최종 대본은 분명 재미가 있었다.

어떤 이유에서 전 세계적으로 흥행에 성공을 했는지 확실히 알 수 있는 대본이었다.

하지만 그게 다가 아니었다.

강여운이 〈라스트 위크〉에서 맡은 인물의 설정이 최종 대본에서 크게 바뀌면서 미국행 멤버들을 분노하게 만들었다.

'미쳤군.'

정호조차도 이런 생각이 들었다.

먼저 고독하게 임무를 수행하는 인물이라는 설정이 달라졌다.

과묵했던 인물은 수다스럽고 다소 경박한 동양인으로 바뀌었으며, 무려 이 인물은 피부가 투명하게 비칠 것같이 하얗다는 이유로 남자 주인공을 사랑하게 됐다.

뿐만 아니라 모호하게 처리됐던 설정 부분에도 변화가 있었다.

이 인물의 국적은 일본이 됐고 중간중간 일본어 대사도 쳐야 했으며 이 인물이 사용하는 무술도 가라테로 변경되었다.

강여운이 대본을 탁, 하고 테이블 위에 내려놓으며 화를 냈다.

"이게 뭐죠? 이럴 거면 차라리 일본 사람을 데려와서 연기를 시키지……."

정호보다도 늘 상황을 침착하게 바라보려고 노력했던 민

봉팔조차 이번 일은 참을 수 없었던 모양이었다.

민봉팔을 어디론가 재빠르게 전화를 걸었다.

"대니, 정말 실망입니다. 당신과 당신의 대본을 믿고 여기까지 왔는데 갑자기 이런 대본을 주다니요. 이게 말이 된다고 생각하십니까?"

전화기 너머로 대니 젤위거가 난감하다는 말투로 대답했다.

"저도 이렇게 대본을 수정하고 싶지 않았습니다……. 하지만 신인 감독인 저는 힘이 없습니다……. 그저 토비 워커가 시키는 대로 일을 처리해야 했어요……."

대니 젤위거의 힘없는 목소리에도 민봉팔의 분노는 쉽게 식지가 않았다.

"그렇다고 하더라도 당신이 막았어야죠. 당신이 감독 아닙니까?"

"죄송합니다……. 정말 죄송해요……."

대니 젤위거가 주눅이 든 채 사과했다.

강하게 쏘아붙이던 민봉팔이었지만 원래 천성이 모질지 못한 편이라 대니 젤위거의 사과에 흔들렸다.

"그렇다고 해서 저한테 사과할 일은 아니긴 한데……."

대니 젤위거가 사정했다.

"대본은 제 권한으로 다시 수정해 보겠습니다……. 그러니깐 이번 일은 이걸로 넘어가 주실 수는 없나요……? 저에게는 강여운이라는 배우가 반드시 필요합니다……."

이런 상황에서도 대니 젤위거는 강여운을 진심으로 원하고 있었다.

적어도 강여운을 캐스팅한 대니 젤위거의 마음만큼은 진심이었던 모양이었다.

'생각해 보면 이쪽도 불쌍한 사람이다.'

하지만 그렇다고 해서 일을 계속해 나갈 수 있는 건 아니었다.

"일단 알겠습니다. 이 부분은 여운이랑 대화를 해보고 다시 말씀드리겠습니다."

민봉팔이 전화를 끊고 정호를 바라봤다.

이제 어쩌겠느냐는 질문이 담긴 표정이었다.

정호가 고민 끝에 대답했다.

"아마 이게 모두 토비 워커의 작품이겠지. 그렇다면 방법은 한 가지뿐이야. 토비 워커와 담판을 짓는 것."

정호의 의견에 민봉팔이 부정적인 뉘앙스로 대답했다.

"가능할까? 토비 워커, 그 사람. 보통이 아니던데……."

"그러니깐 더욱더 담판을 지어야지. 만약 말이 통하지 않는다면 우린 한국으로 돌아간다."

정호가 단단히 마음을 먹었다.

더 이상 우유부단하게 일을 처리할 때가 아니었다.

계속 끌려다니는 건 정호의 스타일도 아니었다.

"일단 계약 문제부터 차근차근 다시 따져보자. 그리고 토비 워커에게 전화를 걸어서 무슨 말을 할지도 생각해 보자."

미국행 멤버들은 머리를 맞대고 모든 문제를 고려하여 토비 워커에게 전화를 걸 준비를 마쳤다.

그렇게 준비를 마치고 각오를 다지며 토비 워커에게 전화를 걸려고 할 때였다.

통역사로부터 전화가 걸려왔다.

"아, 타일러 무슨 일입니까? 급한 일이 아니라면 제가 토비 워커와 대화를 해야 하기 때문에 전화를 끊어야 할……."

"큰일 났습니다."

타일러의 목소리에서는 예상치 못한 다급함이 느껴졌다.

정호가 무슨 일인가 싶어 되물었다.

"네? 무슨 일인가요?"

"토비 워커가…… 죽었습니다."

매니지먼트의 제왕

24장. 할리우드에 울려 퍼진 총성

잠깐이지만 토비 워커의 죽음으로 상황이 개선되는 듯했다.

20세기 폭시사에서 토비 워커를 대신할 새로운 담당자를 〈라스트 위크〉 팀에 배정했고 미국행 멤버들의 항의가 있었기 때문인지 이 담당자는 동양인에 대한 차별이 거의 없는 편이었다.

그 덕에 대니 젤위거에게도 예전보다 많은 자유가 보장됐다.

자유를 얻은 대니 젤위거가 이런 말을 할 정도였다.

"강여운 양을 위해서 동양인 캐릭터의 설정을 전체적으로 고치겠습니다. 시간적으로 여유로운 상황은 아니지만 최선을 다하겠습니다.”

미국행 멤버들의 기대감을 높이는 발언이었다.

외부인이 없는 자리에서 김만철이 이런 말을 할 정도였다.

“이런 얘기, 함부로 하면 안 되지만 토비 워커의 죽음은 우리한테 좋은 일이 아니었을까요?”

민봉팔이 퍽, 하고 김만철의 등짝을 후려쳤다.

“그런 말 함부로 하는 거 아니다. 마음을 곱게 쓰지 않으면 부정 타.”

그리고 그날을 기점으로 정말 부정이라도 탄 것처럼 상황이 점점 안 좋은 쪽으로 흘러갔다.

그건 토비 워커의 죽음이 불러들인 예상치 못한 효과였다.

20세기 폭시사의 직원들과 〈라스트 워크〉의 스태프 사이에서는 몰래 이런 말들이 오갔다.

“갑자기 토비한테 어떻게 이런 일이 생긴 거지? 동양인들은 주술에 능하다는데 혹시 그런 거 아닐까?”

“주술은 무슨. 그런 게 어디 있어. 농담으로라도 괜히 그런 소리하지 마.”

“이런 식으로 연관 짓는 게 웃기긴 하지만 그래도 이건 너무 공교롭잖아. 그 동양인들이 불만을 표출하자마자 토비에게 이런 일이 생겼다는 거 말이야…….”

“시시한 농담을 떠나서 나도 강여운이라는 그 동양인이

마음에 들지 않았어. 토비는 전문가야. 10년간 수십 작품의 흥행을 이끌어낸 프로 중의 프로라고! 그런 토비의 반대에도 불구하고 강여운을 데려온다는 게 솔직히 말이 되지 않잖아."

"하긴 맞는 말이야. 대니가 재능 있는 감독이라는 데에는 나도 동의하지만 확실히 신인 감독들은 디테일 부분에서 실수를 범하는 경우가 많지. 강여운도 그런 케이스로 볼 수 있겠어."

"이대로 〈라스트 위크〉는 괜찮은 걸까? 지금이라도 강여운을 쫓아내고 다른 동양인 배우를 데려오는 게 낫지 않겠어?"

"실수는 최대한 빨리 바로 잡을수록 좋지."

"후…… 실수일까? 나도 누군가를 차별하는 마음을 가지고 싶지 않지만 토비의 죽음이 너무 충격적이라서 괜히 강여운이 미워지는 거 같아."

"나도 그래. 강여운이 그냥 한국으로 가버렸으면 좋겠어."

토비 워커가 살아 있을 때는 이런 분위기가 아니었다.

차별의 눈초리가 있긴 했지만 미국행 멤버들에게 호의적인 시선을 보내는 이도 분명 적지 않았다.

하지만 토비 워커의 죽음 이후 미국행 멤버들에 대한 여론은 급격하게 나빠졌다.

노골적으로 비웃던 사람들은 의기양양해졌고, 은근히

따가운 눈초리를 보내던 사람들은 노골적으로 변했으며, 무심하던 사람들의 시선은 은근히 따가운 눈초리로 바뀌었다.

여전히 미국행 멤버들을 호의적으로 바라보는 사람들이 있긴 했지만 이제 그들은 극소수에 불과했다.

"좋지 않아요. 오히려 토비 워커가 살아 있었을 때보다도 더 좋지 않은 것 같아요."

타일러가 냉소적인 말투로 20세기 폭시사의 직원들과 〈라스트 위크〉의 스태프 사이에 오고가는 대화를 전해주며 자신의 감상을 덧붙였다.

민봉팔이 흥분했다.

"어떻게 이런 일이 벌어질 수가 있죠? 저희가 도대체 뭘 했다고 이러는 거냐고요!"

민봉팔의 말을 타일러가 받았다.

"이 국가에서는 충분히 이런 일이 벌어질 수 있죠. 이 국가의 대통령이 누군지 잊어서는 안 돼요."

한국계 미국인으로 살아가면서 당한 일이 많은 타일러이다 보니 말이 더 딱딱하게 나오는 모양이었다.

정호가 생각했다.

'대니 젤위거가 우리에게 열렬한 지지를 보내고 있고 새로운 담당자도 우리에게 딱히 불만이 있는 건 아니다.'

적어도 확실한 건 이 두 사람과 관련된 부분에서만큼은 전혀 문제가 없었다.

'하지만 20세기 폭시사의 직원들과 〈라스트 위크〉의 스태프들의 대다수가 이런 여론을 형성하고 있는 상황에서 더 이상 촬영을 강행하는 건 무리다.'

타일러의 말 대로였다.

지금의 상황은 토비 워커가 살아 있을 때보다 좋지 않았다.

이전에는 토비 워커 하나만을 상대하면 됐지만 이제는 토비 워커와 같은 이를 대다수 상대해야 하는 입장이었다.

'안일했던 걸까? 너무 할리우드행을 서둘렀던 걸까?'

정호는 고개를 저었다.

그건 또 아니었다.

총괄매니지먼트부 3팀의 팀장인 정호와 강여운의 담당자인 민봉팔, 그리고 김만철이 입김이 강하게 작용한 것은 사실이지만 청월은 모든 부분을 고려하여 할리우드행을 결정했다.

'특히 기획팀 전체가 밤을 꼬박 새우며 현지 조사를 하고 대본을 검토했다. 이건 단순히 준비 부족의 문제가 아니야. 토비 워커의 존재와 토비 워커의 죽음을 예상할 수 있는 사람은 아무도 없었을 것이다.'

정호는 지금 자신이 선택의 기로에 놓여 있음을 깨달았다.

'이대로 한국행을 결정할 것이냐. 아니면 시간을 결제하여 반전을 꾀할 것이냐.'

원래라면 당장 시간을 되돌렸을 것이다.

하지만 이번만큼 정호로서도 솔직히 자신이 없었다.

상황을 타개할 방법이 전혀 떠오르지 않았다.

'한 가지 시도해볼 만한 일이 있긴 한데……. 어쩌지? 가능성이 너무 낮아.'

정호는 고민했다.

그러다가 마음을 먹었다.

—시간을 결제하시겠습니까?

'그래, 시간 결제다! 어차피 그냥 돌아가나 시도하고 돌아가나 마찬가지라면 성공의 가능성에 배팅을 걸어보자!'

◇ ◆ ◇

—결제되었습니다. 당신이 원하는 시간을 얻습니다.

[결제한 포인트 : 7200 / 남은 포인트 : 15900]

정호는 5일 전 자신의 방에서 눈을 떴다.

정호가 잠깐의 어지럼증을 이겨내고 있을 때 흥분한 김만철의 목소리가 들려왔다.

"부장님……. 정말 꿈만 같아요……. 이런 커다란 욕조에서 제가 혼자 목욕을 하다니……."

"야 김만철, 내가 정신 차리라고 했지! 여운이가 우릴 믿고 있다는 걸 잊지 말란 말이…… 어? 정호야, 왜 그래? 괜찮아?"

"부장님, 왜 그러세요? 너무 이 상황이 꿈만 같아서 어지럼증을 느끼시는 거예요?"

그사이 정신을 차린 정호가 대답했다.

"그런 거 아니야. 그나저나 봉팔아, 나 지금 급한 볼일이 생겨서 나가봐야겠다."

"급한 볼일? 무슨 볼일? 미국에 온 지 며칠이나 됐다고 볼일이 생겨?"

"맞아요, 부장님. 최종 대본이 나올 때까지 현지 적응을 한다고 생각하고 푹 쉬라고 한 건 부장님이셨잖아요."

방금 전까지 신나게 놀고 있던 김만철을 볼일이 있다는 소리에 괜히 툴툴거렸다.

자신을 부려먹을 거라고 생각하는 모양이었다.

"너 안 부려먹을 테니깐 걱정 마. 볼일은 혼자 보고 올 거야."

"오, 그래요?"

김만철이 반색을 하자마자 김만철의 등짝을 민봉팔이 퍽, 소리가 나게 내려쳤다.

"아야!"

"아야? 어쭈~ 김만철, 미국 물 먹으면서 쉬니깐 눈에 뵈는 게 없지?"

"어……. 그게 아니라…… 그러니깐……."

"됐고. 이따 보자."

눈을 흘긴 민봉팔이 걱정스런 어투로 정호에게 말했다.

"혼자 괜찮겠어? 두통도 있는 거 같은데……. 내가 같이 갈까?"

"괜찮아. 쉬고 있어. 금방 다녀올게."

상황을 바꾸기 위해 정호는 그렇게 비장의 한 수를 준비했다.

다시 시간이 흘렀고 미국행 멤버들은 최종 대본이 나왔다는 소식을 듣고 20세시 폭시사로 향했다.

모든 일이 그날과 같았다.

두 명의 직원이 미국행 멤버들을 보고 수군거렸고 따가운 눈초리를 지나 도착한 사무실에서 처음으로 토비 워커를 만났다.

"어떤 상황인지 모르겠습니까? 좋습니다. 그럼 알아들을 수 있도록 정식으로 20세기 폭시사에 항의를 하도록 하죠. 그럼 이만 실례하겠습니다."

같은 상황을 연기한 정호가 먼저 문밖으로 나갔고 나머지 멤버들도 사무실을 나섰다.

지하 주차장에 도착한 김만철이 분을 이기지 못하고 씩씩거렸다.

"저게 무슨 태도죠? 토비 워커인지 뭔지 하는 놈한테 주먹 한 방을 먹여 주려다가 말았어요."

예정대로 김만철의 말에 민봉팔이 대꾸했다.

"참아. 그렇게 감정적으로만 대할 일이 아니야. 지금 우린 정식으로 계약을 한 상태라고. 계약을 파기하려면 확실한 명분이 있어야 하는데 여기서 주먹질을 해서 유리한 건 저쪽일 뿐이야."

그때 정호가 끼어들었다.

"봉팔이의 말이 맞아. 지금은 감정적으로 대할 때가 아니야. 일단 너희는 먼저 돌아가서 열을 식히고 있어."

김만철이 대답했다.

"엥? 무슨 소리예요? 같이 가서 대책을 강구해 봐야 하는 거 아니에요?"

정호가 준비한 작전을 실행하기 위해서는 여기서 찢어져야 했다.

정호의 입에서 예언 같은 말들이 마구 쏟아졌다.

"아니, 여기서 찢어진다. 대책을 강구할 필요도 없이 이후의 상황은 뻔해. 이제 곧 사무실에서의 일을 전해들은 20세기 폭시사 측에서 사과 전화를 할 거야. 그리고 사과 전화와 함께 최종 대본의 검토를 요청하겠지. 하지만 사과를 했다고 해서 최종 대본이 우리에게 유리할 가능성은 전혀 없어. 토비 워커가 〈라스트 위크〉의 담당인 이상 상황은 결국 우리에게 불리하게 작용하겠지. 그렇다면 이 상황을 해결하기 위한 방법은 하나야."

갑작스럽게 정보가 쏟아지자 민봉팔은 상황을 파악하기 위해 눈을 껌뻑이며 질문했다.

"방법은 뭔데?"

"토비 워커와 담판을 짓는 것. 너희는 여기에 있어. 책임자로서 내가 토비와 담판을 짓겠어."

정호가 그렇게 지하 주차장을 빠져나갔고 뒤늦게 정신을 차린 민봉팔이 정호를 불렀다.

"저, 정호야!"

하지만 대답은 돌아오지 않았다.

그사이 강여운이 김만철에게 물었다.

"방금 정호 오빠가 한 얘기 알아들었어요, 만철 오빠?"

김만철이 대답했다.

"음…… 부장님이 토비 워커랑 담판을 짓는다는 것 같은데? 한판 붙으려는 생각인가……?"

"글쎄요……. 아까부터 정호 오빠가 땀을 좀 흘리던데…… 그게 긴장을 해서 그랬던 걸까요?"

시간을 되돌리기 전, 정호는 한 가지 결론에 도달했다.

'산 사람은 죽은 사람을 이기지 못한다. 결국 누군가를 이기려면 그 사람이 산 사람이여만 한다.'

그래서 정호는 토비 워커를 살리기로 했다.

하지만 그냥 살릴 생각은 없었다.

20세기 폭시사의 직원 하나를 붙잡고 정호가 물었다.

"토비 워커 씨가 어디에 있는지 아시나요?"

정호의 질문을 받은 직원이 살짝 놀란 듯했다.

자세히 보니 아까 미국행 멤버들을 흉봤던 두 명의 직원

중 한 사람이었다.

"네, 네? 토비요? 글쎄요…… 혹시 너 토비 봤어?"

"토, 토비? 아까 건물 밖으로 나간 거 같았는데?"

정호가 두 사람에게 대답했다.

"그렇군요. 감사합니다. 하지만 다음부터 다른 사람의 흉은 조금 더 조심히 보는 게 좋을 겁니다. 흉을 본 사람이 생각보다 영어를 잘할 수도 있는 거잖아요. 그렇지 않나요?"

"네, 네. 맞습니다. 그렇지요."

"네, 주의하겠습니다."

정호는 한마디를 던지고 직원이 가르쳐준 곳으로 서둘러 나갔다.

다행히 멀찌감치 걸어가고 있는 토비 워커가 보였다.

정호는 빠르게 걸어가 토비 워커 곁에 섰다.

그러고는 말했다.

"워커 씨, 하고 싶은 말이 있습니다."

뒤늦게 정호를 발견한 토비 워커가 커다란 제스처를 취하며 대답했다.

"오! 이게 누구신가? 나에게 벌금형을 한 방 먹인 장본인 이시군! 그래, 무슨 일이죠? 동양의 슈퍼 히어로 씨?"

토비 워커는 벌써 상사에게 깨진 모양이었다.

제 갈 길을 가며 빈정거리고 있는 토비 워커에게 정호가 말했다.

"첫 만남부터 그렇더니 여전히 우리에게 공격적이시군요. 어째서 동양인을 그렇게나 싫어하시는 겁니까? 이유가 뭐죠? 어느 똑똑한 동양인에게 승진의 기회를 빼앗기기라도 한 건가요?"

정호의 질문에 토비 워커가 하하하, 하고 호탕하게 웃어 젖혔다.

"영화를 너무 많이 본 모양이군요. 동양인들의 흔한 착각이죠. 타고난 신체 조건은 약하지만 노력의 여하에 따라서 우리 백인들을 이길 수 있을 거라고 믿는 것. 똑똑한 척 촉새 혀를 나불거릴 때부터 알아봤지만 당신도 그쪽 부류인가 보군요. 하지만 착각하지 마세요. 여긴 미국입니다."

그리고 그때 아주 미국과 같은 상황이 펼쳐졌다.

어느 흑인 남성이 할리우드 대로에서 토비 워커를 향해 총을 겨눈 것이었다.

흑인 남성은 총을 겨눈 채 소리를 질렀다.

"토비 워커!"

동시에 한 발의 총알이 발사됐다.

탕!

총이 발사되는 소리와 함께 사람들이 혼비백산 흩어졌고 총을 발사한 흑인 남성도 총을 버리고 빠르게 사라졌다.

하지만 총에 맞은 사람은 토비 워커가 아니었다.

토비 워커는 자신을 끌어안고 쓰러진 남자를 내려다보며 말했다.

"어, 어째서……."

토비 워커의 눈에서 눈물이 흘렀다.

"도, 도대체 왜……."

그랬다.

총을 맞은 사람은 정호였다.

정호의 몸 아래로 빨간 액체가 흥건하게 흐르고 있었다.

매니지먼트 제왕

25장. 마지막은 언제나

정호는 바로 가까운 큰 병원으로 옮겨져 수술을 받았다.

소식을 듣고 최종 대본을 검토하고 있던 미국행 멤버들이 달려왔다.

김만철은 수술실 앞에 도착하자마자 홀로 대기를 하고 있던 토비 워커의 멱살을 잡았다.

"무슨 일이야! 이게 무슨 일이냐고!"

흥분을 했기 때문인지 김만철의 입에서는 영어가 아닌 한국말이 튀어나왔다.

민봉팔이 그런 김만철을 뜯어말렸다.

"만철아, 그만둬. 일단 사정부터 들어보자."

김만철이 토비 워커의 멱살을 풀고 바닥에 주저앉았다.

그러더니 울먹거리며 말했다.

"부장님, 어째서…… 부장님이 어쩌다가……."

강여운이 다가와 김만철의 어깨를 토닥였다.

"울지 마요, 오빠……. 정호 오빠는 괜찮을 거예요……."

하지만 어깨를 토닥이는 강여운의 목소리에도 울음기가 섞여 있었다.

김만철처럼 바닥에 주저앉아 울고 싶은 걸 간신히 참고 있는 기색이었다.

안색이 창백해진 얼굴로 민봉팔이 토비 워커에게 물었다.

"어떻게 된 겁니까?"

토비 워커가 정신을 차리지 못하고 고개를 좌우로 빠르게 흔들며 대답했다.

"모르겠습니다……. 도대체 그 사람이 왜 나를 구해줬는지 도무지 알 수가 없습니다……. 동양인이 왜 나를……."

민봉팔이 그런 토비 워커를 가만히 쳐다보다가 자판기에서 음료수를 뽑아 건넸다.

토비 워커가 민봉팔을 올려다봤다.

"이건……."

"마시세요. 마시고 나면 조금 안정이 될 겁니다."

◇ ◆ ◇

수술은 무사히 끝났다.

정호는 개인실로 옮겨졌다.

수술이 성공적으로 끝났지만 정호는 깨어나지 못했다.

의식 불명의 상태였다.

담당 의사와 얘기를 나누고 나온 민봉팔에게 김만철이 물었다.

"성공적으로 수술이 끝났는데 왜 깨어나지 못한대요?"

"상처가 워낙 깊고 피를 많이 흘렸대. 아마 이틀에서 사흘은 경과를 지켜봐야 할 것 같나봐."

민봉팔의 말을 듣고 강여운이 입을 가린 채 소리 없이 울었다.

혹시나 정호가 잘못될까봐 긴장을 하고 있던 강여운이었다.

그런데 정호의 수술이 무사히 끝났다고 하니 안도감과 함께 뒤늦게 슬픔이 몰려와 눈물이 나는 모양이었다.

민봉팔이 김만철에게 말했다.

"만철아, 여운이 데리고 숙소로 돌아가도록 해."

"아니에요……. 저는 괜찮아요……. 정호 오빠, 면회하고 갈게요……."

민봉팔은 고개를 저으며 대답했다.

"절대적 안정이 필요한 상태라서 어차피 면회는 안 된대.

가서 쉬도록 해. 혹시 모를 상황을 대비해서 병원에는 내가 대기할게."

민봉팔이 김만철을 향해 고갯짓을 했다.

김만철은 민봉팔의 고갯짓을 알아듣고 강여운을 데리고 병원을 나섰다.

그러다가 문득 김만철이 고개를 돌리고 민봉팔에게 물었다.

"그런데…… 민 실장님……."

"응?"

"저 사람은 어쩔까요……?"

김만철이 턱짓으로 가리킨 곳에는 토비 워커가 등을 병원 벽에 기댄 채 바닥을 내려다보고 있었다.

"음…… 내가 얘기해볼게. 너희는 가 봐."

"네. 연락드리겠습니다, 실장님."

민봉팔이 토비 워커에게 다가갔다.

"워커 씨?"

토비 워커가 기다렸다는 듯이 번쩍, 고개를 들고 민봉팔을 쳐다봤다.

"경과를 좀 지켜봐야 알겠지만 수술은 성공적이었다고 합니다. 문제는 없을 것 같습니다."

토비 워커는 경직된 와중에도 약간 밝아진 얼굴로 대꾸했다.

"그렇군요. 다행입니다."

"네. 그러니깐 이제 그만 가서 쉬도록 하세요. 오랜 시간 쉬지 못하셨잖아요."

잠시 뭔가를 생각하는 것 같더니 토비 워커가 입을 열었다.

"그럼 가보겠습니다. 내일 또 오죠."

◇ ◆ ◇

정호가 의식 불명 상태로 있는 동안 많은 사람들이 면회를 다녀갔다.

가장 먼저 병실을 찾은 사람은 김만철이었다.

"부장님……. 어서 정신 차리세요……. 윤 대표님도…… 정 이사님도…… 걱정이 많으세요……."

감정이 격해졌는지 김만철이 훌쩍거렸다.

"훌쩍……. 밀키웨이 멤버들은 이 사실을 몰라요……. 훌쩍……. 알면 당장 미국으로 날아온다고 그럴까봐 아무도 말을 못 했어요……. 훌쩍……."

그러더니 김만철이 졸지에 눈물을 흘리기 시작했다.

"흑흑……. 지해른 양한테도 말을 못 했어요……. 흑흑……. 부장님을 진정으로 걱정하는 사람들한테 말을 할 수가 없대요……. 흑흑……. 나도 정말 부장님을 걱정하고 있는데……. 흑흑……. 왜 나한테는 이 얘기가 전해진 걸까요……. 흑흑……."

흑흑거리면서 울던 김만철이 주섬주섬 손수건을 꺼내더니 코를 풀었다.

"~~푸우우우~~……. 저는 부장님을 가장……. 아니……. ~~푸우우우~~……. 두 번째로……. 아니……. ~~푸우우우~~……. 세 번째로 좋아해요……. ~~푸우우우~~……. 그러니깐 어서 깨어나세요……. ~~푸우우우~~……."

사운드가 오케스트라급인 김만철만의 면회였다.

다음은 강여운이었다.

강여운은 말이 없었다.

정호의 곁에 앉아서 한참 동안 정호만을 바라봤다.

뭔가 생각에 빠진 것 같았다.

강여운이 떠올리고 있는 것은 정호와의 추억이었다.

정호와의 추억을 떠올리며 강여운은 가끔 소리 내어 웃었고 다시 가끔 소리 없이 눈물을 흘렸다.

하얀 이불보 같은 티 없이 맑은 웃음과 눈물이었다.

잠시 후 눈에 초점이 돌아온 강여운이 정호를 바라보며 중얼거리듯 말했다.

"오빠……. 이제 돌아와요……. 오빠한테 해주고 싶은 말이 많아요……."

강여운이 말했지만 정호의 입은 굳게 닫힌 채 열리지 않았다.

잠시 망설이던 강여운은 정호의 팔에 살짝 머리를 올리며 기댔다.

간호사가 면회 종료를 알릴 때까지 강여운은 그 자세로 한참이나 기대어 있었다.

세 번째는 토비 워커였다.

드르륵, 문을 열고 병실에 들어선 토비 워커는 정호 가까이로 다가가지 못했다.

한동안 말을 잃은 채 그 자리에 서서 정호를 쳐다보기만 했다.

그런 토비 워커의 표정은 사뭇 낯설었다.

동양인을 깔보는 듯한 특유의 빈정거림이나 의기양양한 태도 같은 게 전혀 느껴지지 않았다.

토비 워커는 겸손하다 못해 고요한 태도를 유지했다.

그 모습은 마치 정호에게 용서를 구하는 것만 같았다.

한참을 그렇게 서 있던 토비 워커가 자신의 트레이드마크인 카우보이모자를 벗어 손에 들었다.

그러더니 두 손을 모으고 말했다.

"저는 지금 제가 무슨 말을 해야 하는 건지 몰라 이렇게 계속 서 있기만 했습니다……. 정말 모르겠어요……. 오정호…… 당신에게 고마움 표해야 하는 건지, 미안하다고 말해야 하는 건지, 저는 도저히 알 수 없습니다……."

토비 워커가 그림자가 진 곳에서 한 발자국 앞으로 나섰다.

그러고는 계속 말을 이어 나갔다.

"당신이 물었죠? 어째서 동양인에 대한 이런 태도를 갖게 됐는지……. 처음에는 특별한 이유가 없었습니다……. 어릴 적 치기 어린 생각에, 제 아버지 세대가 그랬던 걸 그대로 흉내 내며 그저 같은 학급의 어느 동양인 친구를 차별했고 그때부터 모든 게 시작됐습니다……."

토비 워커가 오른손을 들어 이마에 맺힌 땀을 닦았다.

"멈출 수가 없었습니다……. 나는 자꾸 동양인 친구를 차별했고 그러다가 흑인을 차별했고 그러다 보니 어느새 동양인들과 흑인들의 적이 된 저를 발견하고 말았습니다……. 누군가의 적이 되는 게 너무나도 싫었지만 이제 와서 그만둘 수도 없는 일이었습니다……. 그게 이미 저였으니까요……."

다시 한 번 토비 워커가 땀을 닦았다.

"회사에 들어와서도 마찬가지였어요……. 저에게 그날 총을 겨누고 당신을 맞춘 그 흑인은 저로 인해 인생을 망친 수많은 동양인들과 흑인들 중의 한 사람이었습니다……. 솔직히 저는 무섭습니다……. 이제 저는 어찌해야 할까요……? 이대로 제가 누군가의 용서를 받을 수 있을까요……? 이대로 용서받길 원하는 제가 괜찮은 걸까요……? 이대로 용서를 받는다고 제가 행복해질 수 있을까요……?"

토비 워커는 천천히 고개를 숙였다.

그건 한국인에게는 아주 익숙한 인사법을 닮아 있었다.

"부디 깨어나 주세요……. 당신이 깨어난다면 당신이 원하는 대로 하겠습니다……. 그러니깐 반드시…… 깨어나 주세요."

마지막은 민봉팔이었다.

한 손에 종이봉투를 들고 병실로 들어선 민봉팔은 별다른 표정 없이 성큼성큼 정호의 옆으로 다가갔다.

정호의 옆에 서서 민봉팔이 입을 열었다.

"나 왔어. 일어나."

민봉팔의 목소리와 함께 굳게 닫혀 있던 정호의 눈과 입이 열렸다.

깨어난 정호가 물었다.

"그건 뭐야? 좋은 냄새가 나는데?"

민봉팔이 종이봉투를 흔들며 대답했다.

"햄버거 사왔어."

이게 어떻게 된 일일까?

사실 정호는 사고가 있고 다음 날 바로 깨어났다.

생명의 지장이 있을 만큼의 큰 부상은 없었다.

수술도 받지 않았다.

입원 자체가 환자의 요청으로 이뤄진 것이었다.

"개인실이 많이 비어 있어서 다행이야."

햄버거를 우물우물, 씹으며 민봉팔이 말했다.

정호가 대꾸했다.

"내가 다 준비해놨다고 했잖아. 걱정 말라니깐."

평소 정호의 말이라면 돌이 두꺼비라고 해도 믿을 민봉팔이 잠깐 정호를 째려봤다.

"어떻게 걱정을 안 해. 친구가 자처해서 총을 맞는다고 하는데 걱정하지 말고 발이라도 뻗고 자란 얘기야?"

그랬다.

이것은 사실 전부 정호의 계획한 일이었다.

시간을 결제하기 전, 정호는 토비 워커를 살리기 위한 전략을 짰다.

'그냥 살려서는 안 돼. 극적으로. 동시에 확실하게.'

고려할 수 있는 다양한 방법이 있었지만 정호는 가장 극적으로 토비 워커를 살릴 수 있는 방법을 택했다.

'어떤 수를 쓰더라도 결국 총을 든 사람을 상대해야 하는 일이다. 오히려 가장 확실한 위험성은 가장 확실한 방법으로 막는 게 가장 안전해. 괜히 다른 짓을 하다가 예측할 수 없는 상황을 만나면 진짜 총을 맞을 수도 있어.'

정호는 생각을 정리했고 총에 맞기로 마음을 먹었다.

물론 정호가 아무런 대책 없이 무모하게 총을 맞은 것은 아니었다.

'총을 맞는 일이다. 목숨이 두 개가 아니라면 짧은 시간 안에 모든 걸 안배할 필요가 있다. 총을 맞지만 위험하지 않아야 해.'

보통이라면 무모하기만 할 뿐 도저히 가능한 일이 아니었다.

하지만 미래의 정보를 알고 있기 때문에 정호는 충분히 준비할 수 있었다.

특히 토비 워커의 죽음 이후 이틀 만에 모든 사건의 전말이 밝혀졌다.

토비 워커에게 총을 쏜 사람이 누구인지부터 그 사람이 사용한 총기, 총알이 맞은 부위 등 모든 것이 상세하게 밝혀졌고 그건 고스란히 정호에게 정보가 되어 남았다.

'일단 방탄복을 입는다. 남자가 사용한 총은 그다지 위력이 높지 않은 권총이다. 토비 워커가 재수 없게 심장 근처에 격중을 당해서 그렇지 방탄조끼만 입는다면 큰 충격을 받지 않아 부상까지도 피할 수 있다.'

그래서 정호는 시간을 되돌리자마자 방탄복부터 구했고 치명상을 피할 수 있는 부위로 총을 맞는 연습을 했다.

'토비 워커를 끌어안고 등에 맞는다. 그게 제일 낫겠어.'

전문적인 훈련을 받지 않은 정호는 그 편이 가장 낫겠다고 생각했다.

그리고 그다음이 문제였다.

'총을 맞는 건 방탄복으로 커버가 가능하다. 하지만 미리 방탄복을 입고 있었다는 것 자체가 부자연스러워. 극적인 효과를 반감시킴은 물론이고 총을 쏜 남자와 합을 맞췄다는 의심을 살 수도 있다. 휴~ 의심을 사지 않고 사람을 구하는 게 이토록 힘든 일이라니.'

확실히 이 부분에 대한 대책을 충분히 강구할 필요가 있었다.

'먼저 가짜 피. 총을 맞은 척을 해야 해. 피를 구하는 건 어렵지 않다.'

정호가 쓰러졌을 때 바닥을 흥건히 적신 것은 동물의 피였다.

'그리고 수술실과 병실. 병실은 병원마다 남아도는 개인실을 빌리면 된다지만 수술실이 문제군.'

현실적으로 큰 부상을 당하지도 않았는데 수술실을 사용할 수는 없는 일이었다.

병원이나 의사를 매수하는 일을 고려해 봤지만 가능할 것 같지도 않았고 많은 환자의 목숨이 달려 있는 부분이라서 썩 내키지도 않았다.

그래서 정호는 시간을 교모하게 활용하여 안타깝지만 다른 사람들을 속이기로 했다.

'내가 직접적으로 속여야 하는 사람은 미국행 멤버들과 토비 워커 정도군. 응급실에 도착하면 나는 검사를 위해 이동할 거고 토비 워커와는 자연스럽게 떨어질 거다. 그때가 기회다. 그때 누군가 나타나 내가 수술실로 옮겨졌다고 말하고 수술실 앞에서 잠깐 연기를 하면 될 것 같은데. 누가 좋을까? 역시…….'

언제나 그렇듯 이런 문제가 발생했을 때 가장 믿을 수 있는 사람은 민봉팔이었다.

◇ ◆ ◇

"분위기는 어때?"

햄버거를 다 먹은 정호가 묻자 햄버거의 마지막 조각을 먹으며 민봉팔이 대답했다.

"전체적으로 다운된 면이 없지 않지만 우리를 바라보는 주변의 시선은 많이 호의적으로 변했어. 특히 토비 워커의 목숨을 네가 구해줬다는 소식이 퍼지면서 더욱더."

정호가 고개를 끄덕였다.

"다행이군."

그런 정호를 보며 민봉팔이 입을 비죽였다.

"뭐가 다행이야. 네가 죽을 뻔했는데."

"다 계획이 있었다니깐 자꾸 그러네."

"정말 다 있었어? 정말 완벽했어? 솔직히 만에 하나라는 게 있는 거잖아. 예를 들면 방탄복이 불량이라든지 뭐, 그런 거 말이야."

정호가 시간 결제 능력에 대한 것까지 모두 민봉팔에게

털어놓은 것은 아니었다.

필요한 도움을 받기 위해 필요한 만큼만 계획을 털어놓았을 뿐이었다.

그러다 보니 민봉팔은 정호의 계획이 정호의 생각보다 더 위험하다고 생각하는 것 같았다.

하지만 모든 걸 고려했다고 해서 정호에게도 불안감이 없는 것은 아니었다.

사실 정호도 민봉팔과 비슷한 생각을 했다.

아무리 계산을 하고 머리를 굴려도 목숨이 걸려 있다 보니 100퍼센트 완벽한 계획을 짜는 것이 불가능했고 그 사실이 정호를 불안하게 했다.

계속해서 부족한 2퍼센트 정도의 확률이 정호를 괴롭혔다.

그럼에도 불구하고 정호는 시간을 되돌리기로 마음을 먹었다.

문득 든 생각 때문이었다.

'사람을 살리는 일이다. 토비 워커가 어떤 사람인지를 떠나서 사람을 살리는 일에 가능성만 따질 수는 없는 일이지.'

정호를 늘 괴롭혀온 딜레마가 하나 있었다.

그것은 바로 능력에 관한 것이었다.

'갑자기 얻게 된 시간을 결제하는 능력. 이걸 온전히 나와 내 주변 사람들을 위해서만 쓰는 것이 맞을까?'

정호는 종종 이런 고민에 시달렸다.

그리고 정호의 결론은 언제나 그렇다, 였다.

정호는 스스로가 어떤 사람인지 알았다.

'나는 혁명가도 아니고, 그렇다고 해서 영웅도 아니다. 그저 평범한 사람일 뿐.'

그렇기 때문에 정호는 자신의 능력만큼만 남을 도울 수 있다는 결론을 내릴 수밖에 없었다.

'하지만 시간 결제 능력으로 남을 아예 돕지 않는 것도 말이 되지 않는다. 나도 우연히 누군가의 도움을 받아 지금 이 자리에 있는 거니깐. 조금 더 범위를 넓히자. 내 사람만이 아닌 내 주변의 일들도 조금씩 돕자. 진심을 다해서 신뢰를 쌓는 것처럼 진심을 다해서 남을 도울 수 있는 만큼만.'

토비 워커의 목숨을 구하는 일은 바로 여기에 해당되는 일이었다.

정호가 대답을 기다리고 있는 민봉팔을 향해 입을 열었다.

"사실 너한테 털어놓지 못한 한 가지 전략이 더 있었어."

민봉팔은 역시 그렇지? 하는 표정으로 정호를 바라보며 물었다.

"그게 뭔데?"

"진심."

민봉팔이 자신의 귀를 의심하며 되물었다.

"응?"

정호는 그런 민봉팔을 보며 피식, 웃으며 입을 열었다.

"토비 워커를 살리기 위해 진심을 다하는 것. 그게 내 마지막 계획이었어."

〈4권에 계속〉